William Fryer Harvey

The Beast with Five Fingers and other stories

五本指のけだもの　W·F·ハーヴィー怪奇小説集

ウィリアム·フライアー·ハーヴィー　横山茂雄 訳

国書刊行会

五本指のけだもの

W・F・ハーヴィー怪奇小説集

炎暑

August Heat

一九〇×年八月二十日
クラパム（ロンドン南部）、ペニストン街

生涯で最も異常と思われる一日をすごしたので、記憶がまだ新たなうちに、できるだけ明確に書きとめておきたいと思う。

最初に記しておくが、わたしの名前はジェイムズ・クラレンス・ウィザンクロフトである。

年齢は四十で健康状態はきわめて良好、一日たりとも寝こんだことはない。

職業は画家。たいした成功は収めていないけれど、食べるには困らないだけの額を白黒のペン画で稼いでいる。

唯一の近親者である姉が五年前に死んだので、係累《けいるい》はもはやない。

今朝は九時に朝食をとり、朝刊にざっと目を通してからパイプに火を点《つ》けると、ぼんやりと夢想に耽《ふけ》った。何か画材でも思い浮かばないかと願ってのことである。ドアも窓も開け放っていたが、部屋はうんざりするほどの暑さで、近所でいちばん涼しくて快適な場所といえば公共プールの水底くらいしかあるまいと観念したとき、アイデアが不意に閃《ひらめ》いた。

すぐさまペンをとった。仕事に熱中するあまり、昼食には手をつけないままで、描き終えたのはセント・ジュード教会の鐘が午後四時を告げた頃だった。

急いで描いたものとはいえ、自分としては最上の作品と確信できる仕上がりとなった。

裁判官が判決を下した直後の、被告席にいる犯罪者の姿。男は肥満していた。ぶよぶよに太っている。肉が塊となって顎のところで垂れ下がり、ずんぐりした大きな首には皺ができていた。髭は生やしておらず（おそらく数日前に綺麗に剃ったにちがいない）、頭は禿げに近い。被告席に立つ男は不細工な短い指で手すりを握りしめ、前方を直視している。彼の浮かべる表情が伝えるのは、恐怖というより、むしろ完全な虚脱感だった。

巨軀《きょく》を支えるのに足る力は、もはや男に残されていないように見えた。

わたしはこの素描をくるくると巻くと、どうしてかはわからないけれどポケットにしまいこんだ。それから、いい仕事ができたという意識がもたらす稀な幸福感に満たされて家を出た。

トレントンを訪ねるつもりで外出したのだと思う。というのは、リットン通りを歩いていって、路面電車の新線建設のために人夫たちが働く坂の下で右手へと折れ、ギルクリスト街を進んだのを憶えているからだ。

ただし、そこからどこへ行ったのかについてはごく曖昧な記憶しか残っていない。唯一はっきりと意識していたのはひどい暑さで、埃まみれのアスファルトの鋪道から立ち昇ってきて、熱波として感じとれるほどだった。西の空に低く層をなして積み上がる赤銅色の雲が雷を予期させたので、それを心頼みとするほかなかった。
五、六マイルは歩いたにちがいないところで、小さな男の子に時刻を訊《き》かれて、ようやく放心状態から醒《さ》めた。
六時四十分だった。

子供が去ってから、自分が今いる場所はどこなのだろうと周囲を眺めてみた。わたしは門の前にいつしか立っていた。その奥には細長い花壇に縁取られた中庭があり、乾ききった土に紫の花や深紅のゼラニウムが咲いている。入口の上には看板が掲げられ、こう記されていた。

墓石工　チャールズ・アトキンソン
英国及イタリアの大理石を使用

中庭からは、陽気な口笛の音、ハンマーを叩く騒々しい音、金属が石にあたる無機的な音が聞こえてくる。

突然の衝動に駆られて、わたしは中へ入った。

ひとりの男がこちらに背を向けて座っており、珍しい筋目の入った石板に細工をほどこしていた。足音を聞きつけて男が振り向いたので、わたしは立ちどまった。

それはわたしが先刻描いた男、わたしのポケットに入っている肖像画の男に他ならなかった。

鈍重そうな巨体をした男の禿げた頭からは汗がふきだし、彼は赤い絹のハンカチで拭った。ただし、顔は同じとはいえ、表情はまったく異なっていた。

彼は旧知でもあるかのように微笑を浮かべながら挨拶すると、わたしと握手をした。

いきなり入ってきた無礼をわたしは詫びた。

「表は何もかもぎらぎらして暑いから」とわたしはいった。「ここはまるで砂漠の中のオアシスのように思えるよ」

「オアシスがどんなものかは存じませんが――」と彼は答えた。「たしかに暑い、やたらと暑いですな。どうぞお掛けになってください！」

彼は作業中の墓石の端を指さしたので、わたしは腰を下ろした。

「きみが手にしているのは素晴らしい石だね」とわたしはいった。

彼は首を横に振った。「たしかに、ある意味では素晴らしい石です」と彼は答えた。「この表面など最上級品といえましょう。でも、裏側には大きな欠点が潜んでいる。あなたには判別しかねると思いますがね。こういう大理石ではいい仕事はできません。今のような夏の時期にはたしかに問題ないでしょう。熱には強いからです。しかし、冬が来たらどうなるか。霜《しも》ほど石の弱点を暴くものはありませんよ」

「じゃあ、いったい何に使うんだい？」とわたしは尋ねた。

男はいきなり笑いだした。

「展示用だといってもいただけないかもしれないけれど、本当なんです。美術家は展覧会をするでしょう。八百屋や肉屋、わたしたちにしても同じですよ。墓石のもろもろの最新商品を見せるためです」

彼は大理石について話をしはじめた――どんな種類が風雨にいちばん耐えられるか、そして、どんなものがいちばん加工しやすいかなど。続いて、庭の話、買ったばかりの新種のカーネーションの話へと移った。一分ごとに彼は道具を手から離して禿頭《とくとう》を拭うと、暑さに悪態をついた。

わたしはほとんど口を開かなかった。落ち着かない気分だったからだ。この男と出会ったことにはどこか不自然で不気味なものがあった。

以前に男をどこかで見かけて、その顔が知らないうちに記憶の片隅に入り込んだのだと最初は自分に言い聞かせようとしたけれど、まことしやかな自己欺瞞を試みているにすぎないと悟るほかなかった。

アトキンソン氏は仕事を終えると地面に唾を吐き、ほっと溜息をついて立ちあがった。

「完成しましたよ！　どう思われます?」誇りをあらわにした様子で、彼は尋ねた。

わたしはそのときになって初めて碑文を目にしたのだが、このようなものだった。

以下の者の霊に捧ぐ
ジェイムズ・クラレンス・ウィザンクロフト

一八六〇年一月十八日に生を享《う》け
一九〇×年八月二十日に突然世を去る

「我ら、命の半ばにも死に臨《のぞ》む」(英国国教会の『祈禱書』の一節)

しばらくの間、わたしは無言のまま座っていた。その後で、背筋を冷たいものが走った。「この名前はどこで?」とわたしは尋ねた。

「どこかで見かけたわけじゃありませんよ」とアトキンソン氏は答えた。「名前が必要だったので、頭に浮かんだ最初のものを刻んだにすぎません。どうして、そんな質問を?」

「偶然の一致だろうが、奇妙にもわたしの名前と同じなんだ」

彼は長くて低い調子の口笛を吹いた。

「で、日付は?」

「答えられるのは生年月日だけだが、合っている」

「そいつは面妖だ!」

とはいえ、彼にもからきし説明がつかなかった。今日描いたばかりの絵のことを彼に教えてから、素描画をポケットから取り出すと見てもらった。絵を眺めているうちに、彼の表情は変化していき、わたしが描いた男の表情にますます似てくる。

「ほんの一昨日《おとつい》に――」と彼はいった。「幽霊なんてものはいやしないとマライアに話したばかりなんですよ！」

彼もわたしも幽霊を見たわけではなかったが、相手のいわんとすることは理解できた。

「きみはこの名前をおそらくどこかで耳にしたんだろう」とわたしはいった。

「じゃあ、あなたもこちらの顔をどこかで目にして、忘れてしまわれたにちがいない！　七月にクラクトン（英国南東部の保養地）にご滞在でしたか？」

生まれてこのかたクラクトンを訪れたことなどない。わたしたちはしばらく口をつぐんだままだった。わたしたちは同じもの、つまり、墓石に刻まれたふたつの日付を眺めており、その片方は正しいのだ。

「家に入って簡単な食事でも召し上がってください」とアトキンソン氏はいった。

彼の妻は小柄で陽気な女で、田舎育ちらしい肌理《きめ》の粗い赤らんだ頬をしている。アトキンソンはわたしを友人の画家だと紹介したが、これで面倒なことになってしまった。というのも、鰯《いわし》とクレソンの皿を片付けると、彼女はドレ（フランスの挿絵画家、版画家ギュスターヴ・ドレ［1832-83］）

の挿絵入り聖書を持ち出してきて、わたしは食卓に座ったまま半時間近くというものドレを賛美せねばならない羽目に陥ったからだ。

表に出ると、アトキンソンは墓石に腰かけて煙草を吸っていた。

わたしたちは先ほどの話の続きを始めた。

「不躾《ぶしつけ》な質問なんだが——」とわたしは切り出した。「裁判にかけられる可能性があるようなことをしでかした覚えはあるかい?」

彼は首を横に振った。

「金には困っていませんよ、商売は繁盛していますから。三年前のクリスマスに、仕事をまわしてもらったお礼にと、数名の救貧委員に七面鳥を贈りましたが、思いつくのはせいぜいそれくらいかな」と答えてから、「とはいえ、どれも小ぶりの七面鳥だったし」と彼はつけくわえた。

ポーチから如露《ジョーロ》を取ってくると、彼は花に水をやりはじめた。「夏には日にきちんと二回はやらないとね」と彼はいった。「それでも、繊細な植物は暑さのせいでやられてしまうことがある。羊歯《しだ》なんぞは、暑さにはからきし耐えられない。ところで、どこにお住まいで?」

わたしは自宅の住所を教え、早足で歩いても一時間はかかるだろうといった。

「いいですか――」と彼は応じた。「事態を直視してみましょう。もし家に今夜帰れるとすると、途上で不慮の事故に見舞われる危険がありますよ。荷車に轢《ひ》かれるかもしれないし、バナナやオレンジの皮なんてざらに落ちているし、もちろん梯子が倒れてくるかもしれない」

彼はありそうにもないことをひどく真剣に語ったので、六時間前なら笑止千万と思えただろう。だが、わたしは笑わなかった。

「したがって、最善の策は――」と彼は続けた。「あなたがここに深夜零時までいらっしゃることだ。二階に上がって、煙草でも吸いましょう。家の中のほうが涼しい」

自分でも驚いたことに、わたしは同意した。

＊　＊　＊

わたしたちは今二階の天井が低い細長い部屋で腰を下ろしている。アトキンソンは妻を既に寝かせた。わたしのあげた葉巻を燻《くゆ》らせながら、彼は油砥石《オイルストーン》で工具を研磨するのに余念がない。

空気には雷の兆《きざ》しが満ちているように思える。わたしは開いた窓の前のがたついたテーブルでこの記録を書いている。テーブルの脚に罅《ひび》が入っているが、修理なら何でも達者らしいアトキンソンは、この鑿《のみ》を研《と》ぎおえたらすぐに直しましょうといってくれた。

今十一時をすぎたところ。あと一時間もしないうちに終わる。

だが、息苦しいまでの暑さだ。

誰だって気がおかしくなるだろう。

ミス・アヴェナル

Miss Avenal

精神病院になぜ転職したのか、友人たちにはまったく理解してもらえませんでした。ヨーバラ病院で普通の看護婦として働き続けることもできたからです。でも、あそこの婦長とは気が合わないうえに、周囲はほとんど馴染みのない人ばかりだった。いっぽう、精神病院での看護職のほうが少しはお給金がよいという話も聞いていました。さらに、おじが長年にわたってラドルバーン精神病院で医療主事を務めていましたから、かなりの影響力も期待できました。

というわけで、ヨーバラ病院からヘイヴン（安息所、避難所の意）療養院へと移ったのです。大きなところで、個室看護も提供する精神病院としては北部地方では最良の施設のひとつであり、最古の歴史を誇っています。ここでの仕事は気に入りました。わたしは元気で幸せだった。心配事もなかったし、同僚の看護婦たちも潑剌《はつらつ》としていた。ダンスや音楽、素人芝居の上演を楽しんだり、かなり強いホッケーのチームも結成しました。

でも、しばらくすると、こうした日常はあまりに単調だと感じられて、裕福な個室患者の専任となることにしたのです。隣接する個室施設も療養院の理事会が運営しており、ほとんどの看護婦は療養院での訓練を経た女性だったので、働く環境としてはさほどの変化はありません。

三年前の八月のある月曜日――最初の月曜日だと記憶しています――のことです、朝食後、婦長室に来るようにいわれました。今でもその場の光景は鮮やかに思い描けます。白帽をかぶったままのミス・シンプソンは、ティートレイを脇に置き、机に向かって機嫌のよさそうな顔で座っていました。張り出し窓では、ペットの灰色のオウムがブリキ箱に入った種子《たね》の殻をせっかちに啄《ついば》んでいます。

「実はね――」と彼女はいいました。「出張看護に行ってもらいたいの。ミス・アヴェナルという患者さん。一種の神経衰弱だと思うけれど、病状については医師の手紙を自分で読んでちょうだい。仕事は楽よ、付き添い程度でしょう。あなたはこのところ不運続きだったから、これをやっていただくのがフェアだと考えたのよ。明日の朝いちばんに出発してもらうことになります。ミス・アヴェナルは荒野《ムーア》のどこかに部屋を借りたらしいわ。やっていただけるなら、すぐに彼女に手紙を書きます」

ミス・シンプソンがいった通り、不愉快な患者を続けて担当させられていましたし、この仕事は平穏、平凡なものになりそうだったので、ふたつ返事で引き受けることにしました。ミス・アヴェナルとは、翌日の午後、ヨーバラ駅前のステーションホテルで落ち合いました。彼女の年齢はよくわからなかった。黒い髪に白いものは混じっていないけれど、妙に艶を欠いているし、黒い眼には生気がまったく窺えません。端正な目鼻立ちでしたから美人といってもよいでしょうが、でも、顔には表情がなかった。顔には皺ひとつなく、なめらかな肌は、幾分きつすぎるくらいぴんと額まで張っていました。

　彼女は握手を求めてきたので、ぐにゃりとした冷たい指がわたしの指とからまりました。「医師《せんせい》が立ち会って、あなたに指示を与えるはずだったのだけれど、直前になって来られなくなったの」と、彼女は手を握ったままでいいました。

「一、二日中にあなたに手紙を送るといってたわ」と彼女は続けました。「わたしが何より求めているのは、あなたのように若くて元気な人がそばにいて思いやりをもって接してくださるということなんです。あなたが適任なのは確信しているわ。キルデイルではひっそりした暮らしよ、荒野でわたしたちふたりきりなんですもの」

「本はたくさん持ってきた？」プラットホームに立ったとき、彼女はふたたび口を開きました。「キルデイルの夜はとても寂しいわよ」

ヨーバラでの午後の出会いについて、今でも憶えていることがもうひとつあります。列車が出発する直前のことです、ポーターが網棚に置いてくれたハンドバッグから小説本を取り出そうとして、わたしは席から立ち上がったのですが、そのとき周囲を見まわすと、ひとりの紳士が客車のドアまで歩んできてミス・アヴェナルに話しかけているのが目にとまりました。

あんなに強い嫌悪感をかきたてる人物にこれまで会ったことはありません。人生がもたらしてくれるものすべてを既に経験したがゆえに、決して年老いることのない若者の顔と姿――それが彼の顔と姿でした。

「まさか、ここで会うなんて」淀《よど》みはないけれど抑揚に乏しい口調で、彼はいいました。「じゃあ、また療養に出かけるところなんだね？　同じ場所かい？　あそこには長い間行っていない。ともかく、前回と同じようにうまくいくといいね。まちがいなく立ち直れそうな顔をしてるよ。さようなら。もう一度会えてよかった。モルトレイで支線に乗り換えなさい」

列車が動きだしました。

プラットホームを足早に歩きながら、彼は「あそこは寂しいよ」と付けくわえました。

「ええ――」とミス・アヴェナルが答えました。「とても寂しいわ。でも、それも治療の一環なの」

滞在したのはキルデイル・ミルという館です。キルデイル教会なら以前に訪ねたことがありました。ライディング（イングランド北部のヨークシャーを指す）ではアングロ＝サクソン時代の最古の教会で、キルデイル洞窟の近くです。キルデイル教会は大きな平野を帯状に縁どる幾つもの村からとても離れた場所にあるように思えたものですが、キルデイル・ミルは谷間のさらに二マイル奥に位置していました。

谷は静まりかえり、川辺の草地から一気に険しい斜面となって樹木が鬱蒼と茂っています。キルデイル川はキルデイル・ミルの横を流れていますが、そのあたりで涸《か》れてしまい、洪水の時季でもなければ、乾いた石ころでしか川筋はわかりません。ミルの下流では谷は不思議なまでに森閑《しんかん》としていました。というのも、流れはそこにあるのに音をたてないからです。

キルデイル・ミルはとても古いものです。『ドゥームズデイ・ブック』（十一世紀に編纂された土地台帳）にも記載されていると思います。水車場《ミル》というよりはむしろ農場でしたが、とはいえ、水路は開けたままになっており、水車は木材を挽《ひ》くのに使うために補修されています。こんなに静かな場所に来たのは初めてでしょう。谷の上手に荒野が広がり、荒野のはるか彼方に海があります。

ミス・アヴェナルは館の奥の三部屋を予約していました。マツやカラマツの小暗《おぐら》い森に面する一階の大きな部屋を、居間兼食堂として用いました。階上には寝室が二間あり、扉でつながっていましたが、下の部屋からは別々の階段で上がれます。これら三つの部屋は館の他の部屋からは切り離されており、ミス・アヴェナルが訪れるという稀な場合を除いては使われていません。館の主は小作人たちが夏季に観光客を泊めるのを厳しく禁じており、したがって、サイクリングにくる人々を谷間の道でときおり見かけるくらいで、荒野によそものは誰も入りません。

キルデイルはとんでもなく寂しいところでした。水車付近で途切れる森にはでこぼこの道があって、それが館へと通じています。館の人々はキルデイル川と同じくらいに静かでした。川の水は堰《せき》の下手、石灰岩の転がるあたりで涸れているのですが、彼らは川底の乾いた石と同じくらいぶっきらぼうでした。

当然のことながら、ミス・アヴェナルとはしじゅう顔をつきあわせていました。散歩に行ってもかまわない午後の二時間をのぞけば、彼女と一日中一緒だった。ひとりで田舎をそぞろ歩くというのは趣味に合いません。ずっと街中で暮らしてきたものですから、鳥や花の名前には無知です。

キルデイルはどの村からも遠く離れていたので、人気《ひとけ》のない谷間での孤独な暮らしから逃れる機会はありませんでした。いちばんよく散歩したのは、野原の中を涸れた河床沿いに通ってキルデイル教会にいたる道です。教会の近くに家はありません。教会はもっとも近い村からも二マイル離れてぽつんと立っており、扉にはいつも錠が下ろされていました。鎖《とざ》されて誰もいない寂寞《じゃくまく》とした教会。鳥たちが歌声をあげるには鬱蒼としすぎた森に囲まれた谷。そして、水の涸れた河床。これらはわたしの心に強い印象を刻み込みました。というのも、川の流れはいわば谷間の魂のように思え、それが消えたときに、谷間にとって大事な生気すべても共に失われたかのようだったからです。

キルデイルがミス・アヴェナルに向いているのは明らかでした。到着してから一、二週間というもの、彼女はわたしが羊歯《しだ》の生い茂る森の中にしつらえてあげた寝椅子に日がな一日横たわっていました。たいして話はしなかったのですが、彼女はひとりにされるのに耐えられませんでした。彼女はマツの枝越しに覗く空を見上げて時を過ごし、まるで黒い岩の裂け目に隠れた青い水溜りを凝視しているようでした。

「看護婦さん、ひとりにしないでね」と彼女は始終いいました。「わたしは衰え弱っている。いっぽう、あなたはとても若くて丈夫。話をしてちょうだい。自分を忘れさせてほしいの」

羊歯の生い茂る中で彼女のそばに腰を下ろしているとき、わたしはたまたま知り合った人に話をする程度の親密さにとどめておくつもりでした。でも、外の世界は些細でつまらないものに思え、八月の暑い日々は茫漠としており、一週間が経った頃には、ミス・アヴェナルがわたしについて知らないことなどほとんどなくなっていました。彼女はとても聞き上手でした。

そして、日々が単調に過ぎていくにつれて、彼女は徐々に元気を取り戻してきました。古びた象牙のように青白く血の気のなかった頬が赤みを帯びはじめ、長い黒髪にも艶がでてきたのです。

「ずいぶんと体調がよくなってきたように思うの」水の涸れた川のそばをわたしの腕にもたれながら歩いていたとき、彼女はいいました。「わたしみたいに長い間他人《ひと》から思いやりを示されずに過ごすのがどんなものか、活気に溢れた生命《いのち》の流れから距《へだ》てられるのがどんなものか——それがわかってもらえたら、あなたが与えてくれたすべてにどれほど感謝しているかも理解してもらえるでしょう」

でも、自分について洗いざらい話をしてしまったことを除けば、わたしが何を与えたというのでしょう？　思いやりを示したと彼女はいいますが、相手についてほとんど何も知らないのに、どうして思いやりなどもてましょう?

ミス・アヴェナルによれば医師が送る手筈になっていたという書信は、届きませんでした。「どうして配達されないのか見当もつかない」と彼女はいいました。「でも、結局のところ、たいしたことじゃない。だって、わたしの病状はあなた自身で判断できますからね。医者というものは自分の利益ばかり言い立てるし、看護婦さんはちょうどその反対だわ。毎日、毎時間、思いやりを示すほうが、ちっとも理解できていない病気に難しい名前をつけるよりも大変にきまっています」自分の病気は珍しいものだから通常の方法では治せないという、女性の神経症患者によくみられる思いこみを、ミス・アヴェナルもどうやら抱いているようでした。

夜に眠れないと彼女はいっていましたし、キルデイルに着いて数日の間は、ほとんど寝なかったにちがいありません。ただし、谷間の重苦しい空気のために、あるいは、ふだん体験したことのないマツの香りのせいでしょうか、わたしは逆によく眠れたのですが。夜中に起きて、隣室にいるミス・アヴェナルに問題がないかどうか確かめると、開け放した窓のそばのベッドで、彼女はいつも目を見ひらいたまま眠らずに横たわっていました。

「ベッドに戻って寝てちょうだい、看護婦さん」と彼女はいつもいいました。「あなたが眠っているとわかるほうが落ち着けるの」

　彼女が元気を回復するにつれて、わたしたちは散歩で遠出するようになりました。川筋をたどって谷の上手まで出向くこともあり、わたしにはこれが一番のお気に入りでした。というのは、上流の地域では、険しい山腹に木々がもはや鬱蒼とは茂っておらず、谷幅は大きくなって農場や牧草地が広がり、人の住む世界に戻ることができたからです。ミス・アヴェナルによれば春には川辺の草原で無数の水仙が咲きほこるそうですが、今の八月の季節にはそこに花は見あたりません。花を咲かせているのは荒野のヒースのほうでした。ミス・アヴェナルから、鳥の見分けかたを教わりました。喉の白いカワガラスはハンノキの根本から勢いよく飛び立ち、眠そうな目をした、図体の大きいフクロウはオークの洞《ほら》にある巣から不機嫌そうに羽ばたいて出てきます。ただし、もっと頻繁に出かけたのは、水車場の下流側、つまり、水が涸れているあたりから、異教徒だったイングランドの人々が新たな神を崇めるために大昔に建てた教会へと向かうコースです。

「この教会は――」とミス・アヴェナルはいいました。「新たな宗教であるキリスト教が辺境におく前哨地で、高地へと通じる道を見張っている――こんなふうにわたしは考えるの。いっぽう、キリスト教の司祭たちによって荒野という隠れ処《が》に追いやられた古い精霊たちの味方、それが川だと思うわ。川は今なお精霊たちの秘密を伝えているけれど、監視の目を光らせる教会に見つかるといけないので、地下に潜るようになったのだと」

キルデイルに来て二週間経ったころ、何かがおかしくなった――これまでに経験したことのないような倦怠感に襲われたのです。長めの散歩をすると、へとへとになりました。昼間に羊歯の中で横になっているときでも、ミス・アヴェナルが話しかけてくるのに、眠りこんでしまいました――夢の中で、彼女の声は黒い大理石でできた長い回廊を響きわたっていく、あるいは、背の高い刈り込んだイチイの小暗い並木道でわたしの背後から呼びかけてくるように思えました。でも、夜には眠れなかった。ベッドでまんじりともせずにいるのは、今やわたしのほうだったのです――開いた窓越しにモミの森をじっと見つめ、ヨタカの叫び声や、谷の上手にある昼間の陽光に温められた草地でクイナがたえず上げる警戒の声に耳をそばだてました。火のついた蠟燭をもって忍び足でそっと部屋に入ってきて、手を握り、枕を直してくれるのは、ミス・アヴェナルのほうだったのです。彼女は元気をさらに回復し、しっかりとした生活を一日ごとに取り戻しているように見えました。日光が眼のなかで輝き、髪から照り返していました。昼間は片時もわたしのそばを離れずに、話をしてくれました。彼女の過去にまつわる不思議な話で、荒野や羊歯のなかで横になってまどろみながら耳を傾けていると、世界の始まりに連れ戻されるかのように思えました。

雷鳴の響く陰鬱なある日の午後、野原を通ってキルデイル教会に連れられていったのを憶えています。辿りつく前にいったん足をとめました。草におおわれた丘の頂上で腰を下ろして、国境にある要塞の稜堡《りょうほ》のように無骨で頑丈に聳《そび》える、風雨にいたんだ塔を見やっているとき、彼女は歌を聞かせてくれました。詞は今なお忘れません。

谷間は記憶を失い
河は音もたてずに地下を流れる
風、太陽、雨のもとを去って
ふたたび暗い世界へともぐりこむ
見出した生命《いのち》の秘密をかかえて

河は生命の秘密を見出した
丘からそれを知った
梟《ふくろう》からは闇と邪悪を知り

水仙からは美と歓喜を知った
老いと若さ、死と快楽と苦痛
その記憶を伝える河の水は
星のない世界へともぐりこむ
地下の冥《くら》い世界へと

日ごとに自分が衰弱するのを感じ、日ごとにミス・アヴェナルが元気になるのを知って、ここから出ていけるように頼む手紙を婦長のミス・シンプソンにとうとう送りました。もっと早くに書いておくべきだと悟ったのは、そのときのことでした。というのは、婦長はわたしの手紙を誤解したからです。ミス・アヴェナルからは既に手紙をもらっている、あなたが移動できるくらい元気になるまでキルデイルに客として滞在させたいとの申し出だった——このように彼女は返信で伝えてきました。申し出を受けるようにというのが、ミス・シンプソンの助言でした。ヨーバラはひどい暑さだから、荒野の爽やかで静かな空気を満喫できるあなたがうらやましいわ、と彼女は付けたしています。書きかたが悪くて、わたしの思っていたことは彼女にまるで伝わっていなかった！　伝えたかったことを何もいえていなかったのです。

この件についてミス・アヴェナルに話をしようとすると、「どうして帰りたいの？」と彼女からたずねられました。「ここにとどまってくれたら、わたしがあなたの看護をするわ。一日中一緒にいてあげる。とても尽くしてくれたあなたを、放っておけるわけがないじゃない」

逆らうにはあまりに体が弱っていました。実のところ、逆らってもむだだというのがそのときわかっていなかったとしても、十日後には思い知ることになりました。ミス・アヴェナルが水車場のそばの草地にわたしをひとりにしていた午後、ふたりの子供、男の子と女の子が上流のほうからやってくるのが目にとまりました。手をつなぎ、長靴を肩にかけて、裸足で歩いていました。川の両岸を行ったりきたり、すべりやすい石を這うようにして越えながら、こちらに笑い声をあげて近づいてきます。

「こんにちは！」と男の子がいいました。「水車場の奥さんがいるぞ。洞窟までの道を教えてもらおう」

「奥さん、おねがい――」と、まったく人見知りせずに近寄ってきた女の子がいいました。「ゾウの牙が見つかったという洞窟はどこなのか、教えてちょうだい」

「ハイエナの頭蓋骨もね」と男の子がいいました。

「それからオオカミの歯も」と女の子がいいました。「平野が湖だったころに、動物たちは洞窟に入りこんで死んだのよ。お母さんがぜんぶ教えてくれた」

子供たちは笑いや陽の光という希望をもたらしてくれました。キルデイル洞窟まで一緒に行ってあげるわと、わたしは答えました。そして、心の中ではこの谷間からふたりと共に脱出するのだと自分に言い聞かせました。川辺の草地を半マイルほど、子供たちと手をつないで進むと、女の子が足をとめました。

「おばさんが呼んでるわ、ロジャー」と彼女はいいました。「もう帰らなくちゃいけないかも」

「声なんて聞こえないよ」と男の子が応じました。「ここまで来たんだから、洞窟に行こう。明日は雨かもしれないし、休みはあと一週間で終わりだからね」

「今にも降りだしそうよ」と女の子がいいました。「雨粒が手にあたったもの。さっきまではなかった大きな雲を見て。奥さん、わたしたちはもう帰るわ。おばさんがまた呼んでいるし」

谷間の森の高いところから声がしました――「帰ってらっしゃい、おまえたち。早く戻るのよ！」。

「おばさんの声じゃないよ」と男の子はぶっきらぼうにいいました。「でも、たしかに雨が降りそうだ。今戻らないと、おやつにありつけそうにないし。明日なら、お父さんに洞窟までの道を教えてもらえるかも。じゃあ、ペグ、家までかけっこだ！」

手を振ってさよならの挨拶をしながら、明日また来ますと声をあげて、ふたりは草地を駆けていきました。

ぐったりとして、わたしは来た道を引き返しました。水車場に戻るほかなく、たどりついたときにはびしょぬれでした。ミス・アヴェナルはわたしを寝かせつけ、わたしの寝室の暖炉に火を入れてくれました。その夜、わたしは錯乱状態に陥ったのです。

それから一週間というものについては、はっきりした記憶が残っていません。八日目の朝に目が覚めたら、眼前にいたのはハリソン看護婦でした。彼女とはヘイヴン療養院の寮で同室だったことがあります。わたしたちはよく口喧嘩したように思いますが、キルデイルで彼女の姿を見たときには、とびきりの旧友と再会したような気分になりました。

「いつ来たの？」とわたしはたずねました。

「一週間近く前よ」と彼女は答えました。「明日は、あなたを連れてヨーバラに戻るつもり」

「ミス・アヴェナルは？」

「今朝、出ていったわ。あなたは重病だったんだから、もう話をしてはだめ」
翌日、わたしはヨーバラに帰りました。キルデイルを離れるのは嬉しいだろうと予期していたのですが、でも、出発の際にはどうでもいいという気持に近かった。頭がぼんやりして、外の世界の生活にあまり反応しなくなっていたからです。

ハリソン看護婦はとても優しくしてくれました。患者を手荒に扱うと思ったこともあったので、これは意外でした。寮でまた同室になるのかと彼女に訊《き》くと、ヘイヴンは人が増えたので、新棟の一室をわたしにあてがう手配をシンプソン婦長がすませているとの答えでした。あまり気は進まなかったのですが、誰もが親切にしてくれるので不平を唱えるわけにもいきません。時が経つにつれて、同僚の看護婦たちから引き離されているのは回復を早める配慮だろうと思うようになりましたが、わたしの美しさも生気もミス・アヴェナルによって奪われてしまったのだと悟ったとき、回復の望みは絶たれました。昼間に心の中を不思議な思いがよぎり、怪訝《けげん》に感じました。夜にはいっそう不思議な夢を見るのですが、静かで穏やかなヨーバラにいればすぐに消えるだろうと当初は考えていました。でも、今はわかっています。ミス・アヴェナルはわたしから活力を奪ったかわりに彼女の記憶を残していったのだと、わかっているのです。

アンカーダイン家の専用礼拝席

The Ankardyne Pew

一八九〇年二月にアンカーダイン館で起こった出来事に関する以下の物語は、わたしの友人トマス・プレンダーガースト師が、新任地で牧師館に居を構える直前に妻へ送った手紙の抜粋から主として成り立っている。さらに、わたしが当時つけていた日記の写しも付した。いうまでもなく、名前はすべて仮名である。

二月九日　残念ながら昨日は牧師館に赴く機会がなかったので、おまえのたくさんの質問——そのリストは失《な》くさずに手元にある——には依然として答えることができない。牧師館は村の中にあり、教会からは四分の一マイルほど離れている。遺憾にも、教会はアンカーダイン館の敷地内に建つ。板石で舗装された、隙間風の入る通路が、館から教会のアンカーダイン家専用の大きな仕切り席へと直接つながっている。往時の館の主《あるじ》たちは、誰にも気づかれずに、教会に遅くやってきて早く立ち去る、あるいは教会に足を運ばないことさえできたというわけだ。この教会の立地は典型的な英国流で、不埒《ふらち》きわまりない――つまり、田舎の地主の思うがままの〈神の家〉。彼がひそかに出入りできる権利などありはしないのに！　教会内を詳《つぶ》さに見る時間はまだないが――おそらく十八世紀のものだろう――昨日の夕暮れ、馬車でやってきた際、アンカーダイン館の陰気に聳《そび》え立つ正面と、これに近接するミソサザイ《レン》の巣のような優美で小さな教会（「鳥のミソサザイの巣」に「教会の建築家として名高いクリストファー・レン［1632-1723］風の設計」の意がかけてある）は、幼い甥か姪を連れて森に向かう邪悪なおじ（英国の古い民話「森の中の子供たち」では、両親を失った子供ふたりをおじが森に捨てる）の姿をわたしに連想させた。おまえも実物を見たら、この喩《たと》えがとても適切だと同意してくれることだろう。ひとつには館と教会の高さの差のゆえであり、ひとつには窓の形の違いのゆえである。館の四角い窓は男の深く窪んだ不気味な眼を思わせ、教会のアーチ形の窓は純真な子供が驚いたときに吊りあげた眉を思わせるのだ。

ミス・アンカーダインについていうと、わたしとおまえの予想はまったく外れていた。とても魅力的な小柄な女性で、レディ・キャサリン・ド・バーグ（ジェイン・オースティン『高慢と偏見』〔一八一三〕の登場人物）のような傲慢さは微塵《みじん》もなく、おまえが最も近い隣人となるのを心待ちにしている。彼女に関しては、明日の手紙でもっと詳しく書くつもりだ。厩舎《きゅうしゃ》の時計台が既に十一時を打ち、蠟燭が燃え尽きかけているから、ここで筆を擱《お》く。

二月十日　おまえに頼まれた通り、牧師館の部屋の寸法を測っておいた。ガーヴィントンの牧師館よりもちろん大きいから、わたしたちの家具やカーペットは余裕をもって収まる。おまえは今度の牧師館が気に入るだろう。少なくとも明るい建物だ。南に面していて、アンカーダイン館のように森に囲まれていない。これまでは空と周囲に広がる沼沢地ばかり眺めてきたから、この館に滞在していると閉塞感を覚えるのだろう。こんなにも生い茂ったヒマラヤ杉など見たことがない！

　さて、ミス・アンカーダインについて話そう。年齢はたぶん七十五歳というところ。小柄で、鳥のようだ——優雅かつ敏捷に空を舞う鳥。おそらく目も耳もとんでもなく達者で、そのために若さが保たれているのだろう。話が巧みで学があり、世事にも関心を失わず、さらに何よりも相手の話を聞くのが上手《うま》い。「教区牧師も形《かた》なしね！」とおまえは声をあげることだろう。ともかく、館にはわたしと彼女しかいないから、あちらが聞き役にまわれば、こちらが話をしなければならない。彼女は掛け値なしに大したものだ。大執事《アーチディーコン》（教区牧師であるプレンダーガーストを管理する立場の聖職者）がわたしたちに語ったことは嘘ではなかった。彼女の前にいると、これぞ安心立命の境地を体現する人物だと感じる。ところで、ミス・アンカーダインは、動物が本能的に嫌う人間がいるという、おまえの説を証明する好例だろう。実のところ、わたしの遭遇したなかで最上の例といえる。彼女自身が語るところでは、子供の頃からあらゆる生き物、特に鳥を好《す》いてきたにもかかわらず、最初はいつも「片想い」なのだという。不撓不屈《ふとうふくつ》の努力を続けて、ようやく動物の愛情を獲得できるとの由で、彼女が飼っているスパニエル犬、鸚鵡《おうむ》、それに三毛猫のカーカーはたしかになついているようだ。だが、初めて会う犬たちは、彼女が撫でようとすると歯をむいて唸《うな》る。あるいは、農場に出向いて鶏に餌をやろうとすると、彼女が来たのを察知して地面にまかれた穀物の粒から逃げ出してしまうらしい。牛が特定の人を毛嫌いする話は聞いたことがあるけれど、鳥については初耳だ。館には立派な図書室が設けられており、目録の作成が必須だろう。わたしの前任者は、卒中で死亡する間際になって、その作業に着手したらしい。

　教会内部に入ってみた。懐かしいガーヴィントンの教会とこれほど似ても似つかぬものを発見するのは不可能だろう。建築の面では美点もあるとはいえ、肝腎要《かなめ》の意匠の統一が、アンカーダイン家の専用席によってぶち壊しにされている。席は忌まわしいことに完全に仕切られており、その内部は説教壇からさえ見えないのだ。骰子《さいころ》賭博に耽《ふけ》り、安息日たる日曜日に遊びに興じたという地主たちの話も嘘ではなかろう。ミス・アンカーダインは専用席を使うのを拒んでいる。ステンドグラスは粗野で興趣を欠く。ただし、内陣の仕切りはスペインの職人芸が発揮された逸品で、教会とはなぜか釣り合いがとれているように見える――実のところ、そうではないほうが望ましいのだが。

　この教会にはわたしとおまえが長い間親しんできた類《たぐい》の記念像がないのを寂しく感じることだろう。獅子鼻の十字軍戦士の像やエリザベス朝の立派な騎士の像――たとえば、ガーヴィントンにある、巧みな均衡をとって左右に配置された一門を従えて跪《ひざまず》き嘆願するジョン・パーキントン卿（綴りが一字異なるが、エリザベス女王の寵臣のひとり、ジョン・パキントン［1549-1625］を指すものか）の像――もここにはない。墓はおよそすべてがアンカーダイン一族のものだ。墓碑、改悛の情を示すための施し物、陰鬱な遺物、そして、石に刻まれたキリスト教の七つの徳など、おまえもよく知っているものばかり。祭壇の両側のオークのパネルには十戒が記されている。とはいえ、アンカーダイン家の専用席からはそれが見えないのではなかろうか。

二月十一日　わたしの神経炎の具合を気にしているね。このところあまりよく眠れていないのにもかかわらず、そちらは好転状態だ。ただ、朝、ときには夜中に、灼《や》けつくような頭痛と舌が奇妙なぴりぴりするような感じがして、目が覚めてしまう。消化不良ぐらいしか原因が思いつかない。就寝前にグラス一杯の白湯《さゆ》を飲むようにしている。牧師館への引っ越しが終われば、ここで過ごす夜を陰鬱なものにする梟《ふくろう》から解放されるだろう。アンカーダイン館は樹木に完全に取り囲まれているうえに、使われなくなった納屋などが梟の棲家《すみか》になっているらしい。夜にうろつく猫も厄介だけれど、夜に飛ぶ梟よりはましだよ。おまえと会える日も近い。牧師館の改修作業は順調だ。ペンキ職人は既に仕事を始めたし、台所の新しいレンジも届いたから、あとは配管工が据え付けるのを待つばかり。数日内にミス・アンカーダインは友人たちを訪問するために館を離れる。この季節にはいつも館を不在にするらしい――賢明な女性だ！したがって、来週はわたしだけになる。「ひとりでは気が滅入るというなら、ハルス医師《せんせい》が喜んであなたを泊めてくださるわ」と彼女はいったが、医師を煩《わずら》わせるつもりはない。館の年配の執事をおまえは気にいるだろう。メイスンという名前で、その妻――スコットランド人――が女中頭《がしら》を務めている。三人の女中たちは姉妹だ。三十年間もミス・アンカーダインに仕えており、女中の鑑《かがみ》ともいうべき仕事ぶりだ。〈選ばれ《ピキュリアー・》た民《ピープル》〉（同名の小宗派も存在するが、ここではクエーカー教徒を指すと思われる）に属しているが、国教徒であればと望む筋合はこちらにはない。同じくらい有能な女中をハルス医師が雇っていると確信できれば、彼の屋敷に泊めてもらうところだが……。

二月十三日　昨晩、奇怪なまでに心を揺さぶられる体験をした。どう解釈すべきなのか、ほとんどわからない。ミス・アンカーダインと静かな夕べを過ごしたあと、十時半に床についた。彼女の気分が沈んでいるように思えたので、元気づけようと本を朗読してあげた。彼女が選んだのは『ウェイクフィールドの牧師』（オリヴァー・ゴールドスミスの有名な小説［一七六六］）の一章だった。深夜一時をすぎた頃、ほとんど不安に近い、耐えられないほど落ち込んだ気分になって目が覚めた。さらに、舌にひりひり、ぴりぴり、ちくちくするような痛みを覚え、不安感も何らかのかたちでこれと関係していた。起き上がってグラスに水を注ごうとしたとき、誰かの話す声が耳に入った。声は低く、途切れずに続き、隣りの部屋から聞こえてくるようだった。部屋着を羽織ってから、蠟燭を手にして廊下に出た。少しの間、わたしは黙然と立ちつくした。正直なところ、怖かったのだ。声はわたしの寝室から二間《ふたま》離れた部屋から洩《も》れている。耳を傾けるうちに、ミス・アンカーダインの声だとわかった。彼女は〈万物の頌歌《ベネディシテ》〉（「おお、主のあらゆる御業《みわざ》よ、汝ら主を讃えよ」で始まるキリスト教の讃歌）を繰り返し唱えていた。

火炉の炎から救われた〈三人の童子〉（『ダニエル書』三章参照）を頌する歌（〈万物の頌歌〉は旧約聖書外典にある〈三人の童子の歌〉から採られている）があまりに深い悲しみ、倦み疲れた敗北感に溢れていたので、彼女を放ってはおけないと思えた。ノックする前に声をかけるべきだった。というのも、恐怖の喘《あえ》ぎが感じられんばかりだったからだ。「だめです！」と彼女はいった――「だめ、今はだめ！」。その後で、気力をふりしぼって大変な努力をするかのような声で、「誰なの？」と彼女は続けた。

こちらが返事をすると、部屋に招じ入れてくれた。跪いた姿勢から立ち上がった彼女は、哀れにも全身が震えていた。一時間ほどともに過ごしてから、ようやく穏やかな眠りにつかせた。騒ぎを起こしたくなかったので、メイスン夫妻の部屋を何とか見つけて、メイスン夫人がミス・アンカーダインのそばに付き添うように計らった。

会話と祈りで彼女と過ごした一時間に何が起こったのかは口に出せない。この館には何かおぞましいものがあり、ミス・アンカーダインは漠然とそれに気づいている。苦痛、炎、鳥に関わるもの。さらに、かつて人間であったもの。わたしは心の奥底まで揺さぶられた。昨夜ほど祈りの必要性、祈りの力を感じたことはない。厩舎の時計台がちょうど五時を打ったところだ。

二月十四日　ミス・アンカーダインが明日出発するように、わたしは取りきめた。館にとどまるのは無理だが、旅行なら可能な状態にあるからだ。今朝、彼女と長い話をした。わたしの知るうちで最も勇敢な女性だと思う。彼女は、全生涯を通じて、この屋敷には憑《つ》き物がいると感じ、全生涯を通じて、その憑き物に憐れみの情を覚えてきたのだ。年月とともにあまり感じなくなった、館はかつてよりましになったのは確かだと、彼女はいう。とはいえ、この季節にはほとんど耐えがたくなるとも。わたしがハルス医師の許《もと》に滞在するよう彼女は強く望んだ。だが、この件の真相を見抜かねばならないとわたしは感じている。それならご友人を館に招いて泊まってもらうのは如何《いかが》と、彼女は提案した。ペロウのことを思いついた。おまえも憶えている通り、昨年の九月に彼が訪ねてくる計画をわたしたちの都合で延期にした。おまけに先週の金曜日にペロウから手紙が届いたばかりだ。彼はこの地方に住んでいるから、おそらく気軽に一、二日滞在してくれるだろう。

＊　＊　＊

以上でプレンダーガーストの手紙の抜粋は終わり、ここからはわたしの日記の抄録となる。

二月十六日　正午にアンカーダイン館に到着。プレンダーガーストは駅でわたしを出迎えるつもりだったけれど、臨終の教区民を訪れる急な仕事に呼び出されてしまった。そのため、ひとりで此処《ここ》の印象をかためる数時間の余裕ができた。館は十八世紀初頭に建てられたものだ。陰気ではあるけれど堂々とした建物で、三方を石楠花《しゃくなげ》と月桂樹の密集した茂みに囲まれており、その茂みは深い森へと合流する。庭園のヒマラヤ杉は建物のどの部分よりも年古《としふり》ている。生まれてこのかたミス・アンカーダインは此処に住んでいるのだろうし、館は常に人が暮らしてきたという印象を与える――不気味な気配がわずかばかり感じられるとはいえ、心の優しい人がしっかりと風を通して手入れしている屋敷。図書室は詳しく見てまわる価値があるだろう。一族の肖像画は食堂に掛かっているが、どれもたいして興味を惹くものではない。館で最も独特なのは教会とつながっている点で、個人礼拝堂めいたところが多々ある。ただし、教会は館にじかに接しているわけではなく、双方の間には低く彎曲《わんきょく》した、窓のないファサードが設けられている。その背後に天窓のついた通路があって、館から教会へと誰にも見られずに行くことができるのだ。通路への扉はアンカーダイン館の広壮な玄関広間にある。だが、通路へはミス・アンカーダインの寝室から狭い階段を降りて入ることもできる（プレンダーガーストはこれには気づいていないようだ）。そちらの扉には錠がかけられており、執事のメイスンの記憶するかぎりでは一度も開けられたことがないという。教会の正面側が彎曲したファサードによって館とつながるいっぽうで、裏側には馬車置き場と厩舎が均衡をとるような格好で建てられており、どちらにも館の台所から似たようなやりかたで行ける。館を設計した建築家が、地主階級の紳士の生活にとっては宗教と馬が風雅な添え物たりうると伝えようとしたのなら、その目論見《もくろみ》は見事に成功している。プレンダーガーストは昼食の間際にやってきた。体調があまり良くなさそうだったが、明らかにわたしと会って心の重荷を下ろせるのを喜んでいた。午後に執事のメイスンと長い話をしたが、分別のある男だ。

プレンダーガーストから聞かされたところではミス・アンカーダインの体験は聴覚と視覚の双方にかかわるが、どちらも漠然としているのはたしかだ。

まず聴覚。鳥の鳴き声――彼女は梟だと思うときもあれば、雄鶏だと思うときもある――そして、ときには鳥に似た人間の声。物心がついて以来、彼女はこれをずっと聞いている。館の外と自分の部屋のどちらでも耳にするが、頻繁なのは教会とつながる通路の方角からだという。また、もっぱら夜間に限られており、日が落ちる前には滅多に聞こえない（これは梟だという説を支持する）。最近は頻度が減ったが、この時季には相変わらず連続して起こる。メイスンもその通りだと同意している。彼はこの鳴き声を不快には思うが、どう解釈すべきかわからないという。女中はそれが邪霊だと信じているが、彼女たちに力を及ぼすことはないので――なぜなら〈選ばれた民〉であるから――気にとめていない。

次に視覚とその他の感覚。やはり頻度は減っているとはいえ、ミス・アンカーダインは「眼球が火の玉になった」状態でときおり目が覚める。数分間は何も明瞭に見分けられないという。その後、深紅の視野は針の穴の大きさにまでゆっくりと縮小していき、鋭い痛みが一瞬走った後で、普段の視力が戻ってくる。あるいは、舌に刺すような鋭い痛みを覚えて眠りが中断されることもある。数名の眼科医に診察してもらったが、視力は完全に正常との見解だった。彼女は一日も寝込んだことのないほど健康な人物だと思われる。プレンダーガーストも、彼女ほど鮮明ではないにしても似たような体験をしたらしい。彼は「灼けつくような」頭痛という表現を用いた。

動物がこの館を嫌うという証言をメイスンから引き出すことができた。唯一の例外はミス・アンカーダインの飼い猫カーカーで、まったく影響を受けていないようだ。他方、スパニエル犬は彼女の寝室で眠るのを拒む。鸚鵡の籠を寝室に持ち込んだ際には、「館が倒れそうになるくらいの金切り声をあげ続けた」という。この話は信ずるに足る。というのは、メイスンから渋々ながらの了解をとりつけて、わたし自身が実地に試してみたからだ。鸚鵡の頭と首の羽根は怒りのためにぺしゃりとなって、まさに凄まじい叫び声をあげはじめたからだ。

もちろん、以上はすべて曖昧な域にとどまる。超自然的な現象だという真正の証拠にはならない。わたしにとりわけ強い印象を残したのは、ミス・アンカーダインのような人格高潔にして勇気のある人物に対して、この館が大きな影響力を及ぼしている点だ。

二月十八日　たしかに奇妙な一夜だった。午後にプレンダーガーストと長い散歩をした後、長い蠟燭とトロロープ（十九世紀英国の人気小説家アントニー・トロロープ［1815-82］）の本を一冊手にすると早めに床に入った。その際、今までにないような失敗をしでかした――蠟燭をつけたまま眠りこんでしまったのだ。目を覚ますと、蠟燭は一インチの長さにまで減っており、焔《ほのお》も輝きを失い鈍くなっている。ベッドの脇のテーブルに置いた燭台の傍《かたわら》にガラス製の水差しがあった。まだ寝ぼけていて体を動かせなかったので、ベッドに横たわったままでいると、水晶球《クリスタル》の凝視によって惹起されるような催眠効果が生じているのに気づいた。水差しのガラスの表面がゆっくりとぼんやりしてきたかと思うと、今度は中央部分から徐々に鮮明になってくる。わたしは建物の中を覗きこんでおり、すぐにそれがアンカーダインの教会だと悟った。内陣の仕切りとアンカーダイン家の専用席が見てとれる。夜のように思えたが、夜にしてはくっきりと見える――たとえば、側廊に並ぶ墓碑。ただし、その数は現在の教会にあるより少ない。やがてアンカーダイン家の専用席の扉が開くと、ひとりの男が出てきた。黒い外套と膝丈のズボンを身につけている。一世紀か、それより昔の牧師のような格好だ。火のついた蠟燭を手にかかげ、その焔をもう片方の手で覆っていた。男の年齢は中年だとわたしは判断した。不安の極みというような表情を浮かべている。背後をちらちらと見やりながら、彼は教会を横切っていき、南側の側廊壁面にある墓碑のひとつの前で立ちどまった。それから蠟燭を下に置き、懐中からハンマーなどの道具を取りだして跪くと、熱にうかされたように碑文の下端に手を加えはじめた。仕事が終わると――長くはかからなかった――唾で湿らせた指を床にこすりつけた。指についた土を細工したばかりの箇所になすりこんでから道具を拾いあげると、専用席の扉へと戻っていく。だが、風の勢いが増してきたようで、蠟燭の火を守るのが難しくなり、扉へ辿りつく前に消えてしまった。

以上がガラスの中に見えた光景のすべてだ。目が完全に覚めたので、ベッドから出て暖炉に新たな薪《まき》をくべると、記憶の鮮明なうちにこれを日記に書きとめた。

二月十九日　まんじりともせずに夜を過ごす覚悟をしていたのだが、ぐっすり眠れた。遅い朝食の後でプレンダーガーストと共に教会の中に入って、あの墓碑を難なく見つけることができた。南側廊の東端、アンカーダイン家の専用席のちょうど反対側にあり、アメリカ製のオルガンのせいで一部が隠れていた。碑文は以下の通りである。

以下の者を悼《いた》んで

郷士フランシス・アンカーダイン
ウスターシャー、アンカーダイン館
英国第四十二歩兵連隊元大尉
一七八一年二月二十七日、逝去
Rev. xiv. 12, 13. （Rev. は『ヨハネの黙示録』の略記。同書一四章一二、一三節の意）

わたしは見台《けんだい》から聖書を持ってきた。「聖書の章句によって」とプレンダーガーストはいった。「後々まで記憶されるにふさわしい生涯がある。『聖徒の忍耐は茲《ここ》にあり。神の誡命《いましめ》を守る者は茲にあり』（『ヨハネの黙示録』一四章一二節）。ミス・アンカーダインの人生がまさにそうだ。ただし――」と彼はつけくわえた。「一一節があてはまるような人々もいるだろう」彼はその箇所をわたしに読んで聞かせた。「『かれらの苦痛《くるしみ》の煙は世々《よよ》限りなく立ち昇りて、獣とその像とを拝する者またその名の徽章《しるし》を受けし者は、夜も昼も休息《やすみ》を得ざらん』」

最初は彼が匂わせている通りに思えた――つまり、12は本来は11と彫られていたのではないかと。だが、仔細に調べてみたところ、たしかに改竄《かいざん》された文字、数字があったけれど、2と3はそうではない。やがて、プレンダーガーストはわたしにも正解と信じられる解釈を思いついた――「元の碑文ではRはL、1は5だった。したがって、聖書の該当箇所は『レビ記』（『レビ記』の略記はLev.）一四章五二、五三節となる」。だが、彼の説が合っているとしても、真相に辿り着くにはまだ遠い。わたしはその章句を日中繰り返し読んだので、聖書を見ずに書き記せる。

斯《かく》祭司、鳥の血と活《いけ》る水と生《いけ》る鳥と香柏《こうはく》と牛膝草《ヒソプ》と紅《くれない》の線《いと》をもて家を潔《きよ》め、その生る鳥を邑《まち》の外の野に縦《はな》ち、その家のために贖罪《あがない》をなすべし。然《しか》せば其《それ》は潔くならん。

ミス・アンカーダインは苦痛、炎、鳥に関わるものを漠然と意識するとプレンダーガーストに語っていた。これは少なくとも奇妙な偶然の一致だろう。

メイスンはフランシス・アンカーダインについては名前しか知らない。彼によれば、一世紀前のアンカーダインの当主たちは放埒《ほうらつ》な暮らしぶりで悪評が立っていたというが、それはもちろん彼らに限ったことではない。

午後を図書室で過ごしたが、手がかりを求める探索はさほど成果が上がらなかった。ただし、見返しの遊び紙に「フランシス・アンカーダイン」と記された本が二冊見つかった。書架の上のほうにしまいこまれていてもよかったのだから、僥倖《ぎょうこう》といえよう。片方はフランシスの従兄弟《いとこ》のコター・クロウリーからの献呈署名入り本だった。要調査――クロウリーとはどういう人物なのか？　わたしの見た幻影に登場した黒衣の男なのか？

　昨夜と同じような状態で〈水晶球の凝視〉を再現しようと試みたが、失敗に終わる。鳥の声を二度耳にした。梟か雄鶏のどちらかだろう。鳴き声は館の外側から聞こえるように思え、心地よいものではなかった。

二月十九日（日付は誤記か意図的か不明）　明日、プレンダーガーストは牧師館へと引っ越し、わたしは家に帰る。ミス・アンカーダインはモールヴァン（ウスターシャーの鉱泉保養地）での滞在を二週間延長し、その後で南部沿岸の友人を訪問することになった。彼女にじかに会って質問し、一族の歴史についてもっと知りたかったのだが……。プレンダーガーストと共に失望を覚える。もう少しで謎を解明できるかと思えたのに、依然として暗中模索のままだ。最近設立されて、マイアーズが関わっている協会（英国心霊現象研究協会を指す。詩人、批評家のF・W・マイアーズ［1843-1901］はその中心人物のひとり。協会の創設は一八八二年）はこの館を調査すべきだろう。

　これでわたしの日記の抄録は終わるが、しかし、話にはまだ先がある。以上の出来事から約四ヶ月後、某古書店を通じて、『ジェントルマンズ・マガジン』（一七三一年に創刊された有名な月刊雑誌）の古い合本四冊を入手することができた。チャールズ・フィプスン師という人物の旧蔵書で、彼はブレイズノーズ・コレッジ（オックスフォード大学の学寮）の特別研究員を経てノートン・オン・ザ・ウォールズの牧師になった。ある夜、その頁を暇にまかせて繰っていると、一七八九年四月号の次のような記事に目がとまった。

トテナム（ロンドン中心部から北へ約十キロに位置する）のジョン・アーデノフ氏は、若い資産家で、所有する馬と馬車の立派さにかけて地方の紳士で匹敵するものはほとんどなかった。客を宴席でもてなすのに篤《あつ》かったが、その際に酒で羽目を外しがちだったといえるかもしれない。しかし、短所があったとしても、それを優に補う長所もあった。ア氏は闘鶏の大の愛好家で、多額の賭け金の動く試合で幾度も勝利を収めたお気に入りの雄鶏を飼っていた。ところが、最近、この雄鶏は彼が賭けた試合で負けを喫してしまい、怒りのあまり彼は鉄串に縛りつけると生きたまま炙《あぶ》り焼きにした。哀れな鳥の叫び声はあまりに痛ましく、居合わせた紳士の中にはやめさせようとするものもいたが、ア氏の憤激にかえって油を注ぎ、彼は怒《ど》髪《はつ》天《てん》を衝《つ》くかのような形相で火搔き棒をつかむや、邪魔をする奴は叩き殺すぞと言い放った。ところが、こう激昂して叫びながら、彼は倒れて頓死《とんし》してしまった。以上が、この貴顕の士の逝去にまつわる嘘偽りないとされる真相である。

記事の末尾には「巻末のク＊＊＊氏の物語も参照せよ」との書き込みがあった。

巻末見返しの遊び紙に細かな字で記された通りを以下に転写する。

ク＊＊＊師は、晩年病に臥《ふ》せった際、〈神の裁き〉の同じような例として、次のような話をわたしにしてくれた。ウ＊＊＊のア＊＊＊館のア＊＊＊氏は不信心な行為に公然と耽って悪名高い人物だった。狩猟に凝り、無茶な賭博をおこない、闘鶏を熱烈に愛好した。ある夜、遊び仲間のひとりと痛飲した後で、翌日の闘鶏試合に出場させる自分たちの雄鶏をここで今すぐに戦わせようと彼は提案した。自分の鶏は闘鶏場でしか勝負させないと相手が言い張ると、ア＊＊＊氏は今いる部屋の近くにふさわしい場があると告げた。鶏が運びこまれ、蠟燭の用意がされると、ア＊＊＊氏は扉を開き、友人を連れて階段を下り通路を進んでいった。辿り着いたところを友人は厩舎だとばかり思っていたのだが、館とつながる教会のア＊＊＊家専用席だと試合の開始後に悟って慄然とした。教会で闘鶏などもってのほかだという友人の諫《いさ》めにもア＊＊＊氏は怒り狂うばかりで、罰当たりな言葉を吐きはじめ、これまで五十回もの勝利を収めてきた自分の雄鶏が今度も凱歌をあげるのは魂に賭けてまちがいないといった。だが、彼の鶏は負けてしまったのである。逆上乱心したア＊＊＊氏は自分の寝室へと取って返すと、「〈最後の審判の日〉が到来した。雄鶏はもはや鳴いて暁《あかつき》を告げてはならぬ」と言い放ち、針金を暖炉の熾火《おきび》に突っ込み、それで鶏の眼を灼き、舌に穴を開けた。そうするや、彼は卒中の発作らしきものを起こしてばたりと倒れてしまった。命はとりとめたけれど、数年間というもの乱心の日々を送った。言語に障害が残ったのは明らかで、憤激した際にとりわけ顕著だった――雄鶏が時をつくる鳴き声めいた音が口から洩れるのだ。かくて、近隣では「ア＊＊＊氏が鳴いたら、正直者は退散しろ」なる言い回しが流行《はや》った。このおぞましい出来事から二年後には、視力も衰えはじめた。結局、彼は猟場で命を失うことになった。恐慌状態になった馬が彼を乗せたまま荒地を一マイル以上も疾走したあげく、十フィートの壁を跳び越えようとしたので、首の骨を折ってしまった。障害物に行きあたるたびにア＊＊＊氏は叫びをあげたが、彼の喉から発せられる声に馬はいっそう怯《おび》えるばかりのようだった。ア＊＊＊氏とその友人の双方に面識があったク***師は、以上の物語が真実であると請け合った。

ク***氏がフランシス・アンカーダインの遊び仲間に他ならないのではあるまいかという推測は、有徳の士であるフィプスン師の頭にはついぞ思い浮かばなかったようだ。けれども、それが真相であるのをわたしは疑わない。ク***氏の姿をガラス製の水差しに顕現した幻影の中でおぼろげに見たからである（原文'in a glass darkly'は『コリント前書』一三章一二節「今われらは鏡をもて見るごとく見るところ朧なり」を踏まえる）。後になって、アンカーダイン館に残る古いアルバムでコター・クロウリーのシルエット画を目にした際には、気が弱くて知力にも乏しそうな横顔ですぐに見分けがついた。

墓碑の元の文章を誰が書いたのかはわからない。おそらくは、フランシスの没後、遠い親戚で年端《としは》もいかぬ男児が跡取りとなった際、その管財人たちが起草したのだろう。あるいは、石工《いしく》がRをL、1を5と誤って彫ったのかもしれない。もしくは、石工は冷酷な諧謔家だったのか。ひょっとして、フランシス・アンカーダインの霊が鑿《のみ》を操ったのか。いずれにせよ、墓碑に彫られた『レビ記』へのあからさまな参照を目にしたときにコター・クロウリーが覚えた恐怖は容易に想像できよう。館を久方ぶりに訪れることになった彼が、夜ひそかに教会へと忍び込む姿が思い浮かぶ。ぞっとしながらも熱に浮かされたように、真相を曝《あば》く碑文を改竄する姿が目に見える。かの取税人が祈ったように（イエスが語った有名な寓話。『ルカ伝』一八章九－一四節）、悔悟の念に苦しみながら神の加護を求めて祈る姿が見える。

この物語の一部をプレンダーガーストとわたしはミス・アンカーダインに話した。アンカーダイン家の専用席は取り毀《こわ》され、館と教会をつなぐ通路もファサードだけが残された。館はこれまでになく静かになった。ミス・アンカーダインの甥がインドから戻って住むことになっている。彼には子供がいるけれど、怖がるようなものがあるとは思えない。先に記したように、心優しい人がしっかりと館に風を通して手入れをしてきたのだから。

ミス・コーニリアス

Miss Cornelius

アンドルー・サクソンはコーンフォード校で科学の古参教師だった。同校の歴史じたいはさほど古くはないが、由緒ある学校を元にして作られたもので、教育行政に携わる視学官たちは、頻繁ではないにせよ金銭に余裕があれば子弟を入学させたし、特に子供が理系に向く場合はそうだった。アンドルーが校長になっていて然るべきだと思う保護者は少なくなかったけれど、彼には自分がその器《うつわ》でないとわかっていた。管理職よりは教師、さらに、教えるよりは刺激役にふさわしいということは、彼がバトラーと共著で出版した、素晴らしいけれども教科書としては型破りの『有機化学原理入門』を読めば瞭然だろう。

生徒たちには「アングロ・サクソン」や「アルフレッド大王」（英国の九世紀、アングロサクソン時代の王）の綽《あだ》名《な》で呼ばれて、愛情のこもった敬意を払われていた。彼がライフルの名手で、ビズリー（英国南東部の村）で開かれる王室杯射撃大会で上位の入賞歴があると知れば、なおさらだった。

サクソンは心霊現象研究《サイキカル・リサーチ》に特段の興味を抱いた経験はなかったけれど、イースタン・カウンティーズ銀行の支配人で友人のクリントンから、メドウフィールド・テラスで進行中の事件を一緒に調べてくれないかと頼まれた際、断る気にはならなかった。メドウフィールドに住むのは、銀行で出納係《すいとう》を務めるパーク、その妻とふたりの子供、勤続五年目になる料理女、子守兼女中として働く少し頭の鈍い十六歳の子に加えて、ミス・コーニリアスである。牧師館の傍に立つ瀟洒《しょうしゃ》な屋敷で暮らす年配の女として、サクソンはコーニリアスの顔を見知っていた。「彼女の屋敷はこのところ大規模な改修工事をやっていて、配管工やペンキ職人がしょっちゅう出入りする。で、彼女はメドウフィールドに一時的に間借りしたいと申しいれ、パークとしたら、家賃が入るのはいつでもありがたいわけだからね」——クリントンはサクソンにこう説明した。

怪異現象《マニフェステーション》はここ二週間というもの続いていた。コツコツという叩音《ラッピング》、非常に重いものがどさっと落ちるような音、テーブルや家具類の説明のつかない移動、ドアの不可解な施錠、開錠などだが、おそらく最も不可解なのは、あらゆる種類の雑多な物品が——チェスの駒や蓄音器の針に始まって石炭の塊や燭台にいたるまで——人間の手が一切触れていないのに勝手に飛び交うことだろう。

「運が良ければ、なかなか面白い夜になるかもしれない」と、サクソンは出かける前に妻に話した。「勝手な憶測をしても構わないのなら、子守女が絡んでいるんじゃないかな」

たしかに面白い夜になった。メドウフィールド・テラスの居間で、クリントンはサクソンをパーク夫妻とミス・コーニリアスに紹介した。クリントンに促されて、パーク氏は過去三週間の出来事をかいつまんで説明していき、夫人とコーニリアスがときどき補足や訂正をはさんだ。率直な話しぶりにサクソンは感心したし、三人のいずれにも昂奮した様子は窺えない。ただ、自分たちが目撃したことに当惑しているのは明らかだった。パーク夫人は本当に疲労困憊しているように見えた。だが、彼女もコーニリアスも平常心を失ってはいない。

「話を先に進める前に、ひとつ確認しておきたい点があります」とサクソンはいった。「わたしはポルターガイスト現象にはまったくの門外漢ですし、先入観も持っておりませんが、意識してであれ無意識にであれインチキがおこなわれていないと確信できるまでは、『異常な《アブノーマル》』――『超自然的』という言葉は使いたくないのです――解釈は排さねばならない。また、インチキは別にしても、目撃された出来事に何らかのかたちで人間が絡んでいる可能性があるでしょう。したがって、わたしたちは互いに監視しなければなりません。お互いを疑う必要があります。穏やかな生活を取り戻すためには、何でもしなければいけませんからね。それでよろしいでしょうか、パーク夫人？」

全員が同意した。

「使用人たちはどうする？」とクリントンが訊ねた。

しかし、その点に問題はなかった。若い女中は外出していい夜だったし、料理女は友人と過ごすために休暇をもらっていた。

「玄関と勝手口のドアに鍵をかけてから、わたしたちのうちのふたりですべての部屋を念入りに点検してはどうかしら」と、コーニリアスが提案した。誰かが家のどこかに隠れていて悪戯を仕掛けてこないようにするためだ。

「あなたがクリントンさんと一緒に調べてくださいな」とパーク夫人は答えて、神経質な笑い声をあげた。「自分のベッドの下に男が潜むのを発見するよりは、怪奇現象のほうがましだわ」

クリントンとコーニリアスが家の中を巡回する間、残った三人は居間で座って待っていた。サクソンは腕時計を眺めた。「ちょうど八時半だ」と彼がいうと、パーク氏は「現象が『活気』づく頃合ですな」と応じた。「ほら！　叩音がもう始まっていますよ」

本当だった。くぐもった低い音で、誰かがハンマーを使ってゴム製パッドを叩いているかのようだ。しかし、どこから聞こえてくるのか、壁や天井の外から発せられているのかどうかを突きとめるのは不可能だった。クリントンとコーニリアスが二階の部屋を動き回るのも聞こえたが、叩音はふたりの足音とはまったく異なっている。一、二分後、ふたりが階段を降りながら会話する声がしたかと思うと、大きな衝撃音が響きわたり、コーニリアスの「いったい何なの?」という叫びが上がった。パーク氏とサクソンが玄関広間に駆けつけてみると、子供たちの木馬――クリントンは、つい先ほど子供部屋のドア近くの踊り場にあったのを見たばかりだと断言した――が階段の昇り口に横たわっており、その頭部は折れている。今宵の「催し」の幕は切って落とされたのだ。

しかも、「演目」は多種多様――幕間もごく短く、次はいったい何が出てくるのかと、張りつめた、高揚感といっていいほどの昂奮で満たされた。目撃した内容はすぐに書きとめると取り決めていたので、サクソンとクリントンは記録するのに忙しかった。九時半少し前になって、ようやく小休止が訪れた。

「いつもはこのへんで終わるんです」と、無理に笑いを浮かべながら、パークがいった。「コーヒーをお出ししてはどうだい、メイジー?」

「その前に、この食堂でわたしとクリントン氏だけで記録を少し整理させてもらえますか?」とサクソンが頼んだ。「時間はさほどかかりませんから」

パーク夫妻とコーニリアスが隣りの居間へと移動すると、サクソンがドアに鍵をかけるのに気づいてクリントンは驚いた。

「どうだった?」と銀行支配人は口を開いた。「正直なところ、ぼくには何が何だか見当もつかんよ」

サクソンは、少し沈黙してから、苛立った様子で口を開いた。「きみにここへ連れてこられて後悔しているよ、クリントン。とんでもない立場に追い込まれた。きみとぼくは何らかの決断を下すよう迫られている」

「いったい何の話をしているんだい?」

「まず、ひとつ質問をさせてくれ。今夜実際に目撃したことで、きみは誰かを疑っているかい?」

クリントンは困ったような面持《おももち》で口をつぐんだままだった。

「パークはどうだい?」とサクソンは続けた。「彼を疑っているかい?」

「いや、とんでもない」

「パーク夫人は？」

「まったく疑っていないよ」

「では、コーニリアスは？」

「うーん、そうだな、疑ってはいない」

「彼女を疑っていないんだね。だが、僕は疑っている。今のところ、ここで目にしたことの四分の三は、ぼくに説明できないのは認めよう。たとえば、どうしてロッキングチェアがあんなふうに揺れ続けたとかだよ。黒い木綿糸で引っ張っているのかと疑ったけれど、見つからなかった。ひょっとして髪の毛かとも思ったが、違った。だが、いっぽうで、石炭の塊が部屋の端から端まで飛んだ件については、ミス・コーニリアスの手から飛び出したのだとほとんど確信しているよ。その直前に、彼女は石炭入れのバケツの傍に立っていた。きみは見落としたかもしれないが、彼女はテーブルや炉棚の上にある色々なものをたえずいじくっていたのさ。手が休むことはなかった。彼女はうずうずする指を何とか抑えこもうとしているように思えたほどだ。そして、彼女の投げ上げたペンが天井に突き刺さるのをこの目で見たし、そう法廷で宣誓する用意もある。すべてがいかがわしかった。控えめにいっても、炉棚にペンが転がっているのがおかしいじゃないか。きみはまだ気づいていないけれど、この食堂にもペンが一本転がっている。ぼくの考えでは、ミス・コーニリアスが仕込んだもので、好機を待ち構えているというわけさ。天井に刺さったペンの場合、彼女はそれを持った片手を背後に回して、奇妙なやりかたで親指で弾いた。練習すれば、ぼくにだってできると思う」

彼は食堂の炉棚からペンを取り上げると、説明したばかりの動作を実演した。

「ほらね！」と、彼は勝ち誇ったように叫んだ。「いった通りだろ。狙った天井ではなくて、ソファのクッションに刺さったけれどね。何にせよ、ぼくの手が背後に回ったのはほんの一瞬だったことを、認めざるをえないだろう。ところで、きみはパーク夫妻を疑うなんてとんでもないと強く否定したのに、ぼくがコーニリアスの名前を口にすると、ためらいを見せたのはどうしてだい？」

「空中を舞った物品の多くが彼女のほうから飛んできたようにみえたのは確かだ」と、クリントンはゆっくりと答えた。「おまけに、彼女は気づくのが早すぎるように一、二度は思えたな。『いったい何なの？』とぎょっとして叫ぶのがとても素早いので、彼女が見ている方角につい視線を移してしまう。そこのところは少しばかり胡散《うさん》臭く思えたけれど――まあ、それだけのことさ」

「自分が書きとめた記録をちょっと眺めてみたまえ」とサクソンは続けた。「今夜、

『現象』が起こったのは階段、この食堂、そして居間だ。その間、ぼくたちは全員一緒にいるか、この食堂と居間に分散していたかのどちらかだった。でも、騒音、叩音を除けば、すべての怪異はミス・コーニリアスのいるところで起こったんだよ」

「つまり、きみがいいたいのは――」

「結果に先行して存在する『定数』がひとつしかないなら、それがおそらく原因なのさ」

「いったいどうすればいいと?」

「考える余地はない」とサクソンは答えた。「ぼくたちは――いや、きみを巻き込む必要はないから、ぼくが隣りの部屋に行って、率直に話すことにする。こんな事態を放置するわけにはいかない。パーク夫人が神経をやられるのは措《お》いても、子供たちを慮《おもんぱか》る必要があるからね。とんでもない面倒事になって、誰かが眠れない夜を過ごす羽目になるかもしれないが、断固とした処置をとるほかあるまい。思いきって、すぐにやってしまおう。老女を殴りつけるようなものだがな。本当にここに来なければよかったよ」

「どういう結論になりまして?」ミス・コーニリアスは、サクソンとクリントンが居間に入ってくると、笑みを浮かべて訊ねた。「怖い目にはもう遭わずにすむんでしょうね」

　サクソンは彼女の顔をじっと見た。添え髪、皺。さらに、挑むような黒い眼――そこには残酷さが潜んでいた。

「奥さん」と、彼はパーク夫人に向かって話しかけた。「誠に申し訳なく思いますし、口にするのは気が進まないのですが、わたしの信じるところでは、今夜この家で目撃した怪異にはミス・コーニリアスが深く関わっておられる。コーニリアスさん、ざっくばらんに打ち明けていただけませんか？　ここだけの秘密にいたしますから」

　全員が彼女を見た。その顔は古びた象牙のような色だった。

「メイジー！」と彼女は声をあげた。「許しがたい暴言だわ！　この男にどうしてそんな権利があるというの？　先ほどまでは友人のように話しかけていたのが、掌《てのひら》を返すようにして、長年懇意にしてきたご夫婦の面前でわたしの人格を汚そうとするなんて！　とんでもない言いがかりだわ。二階ですやすやと寝ている子供たちと同じく、わたしはペテンともインチキとも関わりはありません」

「お待ちください」と、サクソンが口をはさんだ。「公正のため、皆さんに思い出してほしいのですが、個人は顧慮せずに、この件を徹底的に調べあげると全員が同意したはずですよ。誰をも等しく疑うとわたしは申しましたし、実際、そうしてきたのです」

「たしかにその通りだ」とパークが渋々認めた。「だが、コーニリアスさんが具体的に何をしたと糾弾されているんです?」

「いいえ、糾弾してはおりません。ただし、以下のことは確言させていただきます。彼女がペンを投げるのをわたしは目にしましたし、物品が幾度か彼女の手から飛び出したようにも見えました。さらに、今夜わたしたちが目撃した現象は——そのすべてを目下のところ説明できないのは、誰よりもわたしが進んで認めるところですが——彼女がいるところで常に起こりました。もう一言だけいわせてください。わたしは心の中でも言葉の上でも寛容でありたいと思っています。したがって、コーニリアスさんが意識的にわたしたちを騙したとは申しません。わたしの思うところでは、おそらくご自分でも気づかないうちに、彼女は巧妙なトリックを使える尋常ならざる能力を身につけ、わたしたち全員が今夜感じたような高揚感あふれる昂奮、ただならぬ緊張を生みだすために、その力を駆使してこられたのです。さあ、これにてお暇《いとま》することにいたしましょう」

「これにてお暇ですって!」と、コーニリアスは憤懣《ふんまん》やるかたない口調で叫んだ。「わたしの名誉を汚しておいて、はい、さようならとおさらばできると思っているのね。でも、サクソンさん、年老いた女がそれよりは若い男に伝える言葉として、これだけはいわせていただくわ。あなたは今日という日を一生後悔するでしょう。今夜自分が口にしたことをいうくらいなら舌が根元から腐ったほうがましだったと、思い知るでしょう」

＊　＊　＊

クリントンと歩いて家路についたとき、「いささか猪突猛進だったかもしれない」とサクソンが口を開いた。「女房がいうには、ぼくは思慮に欠ける男だそうだ。でも、性質《たち》の悪い腫瘍は麻酔などかけずに即座に根元からばっさり断つしかないと考えたのでね」

「いや、ぼくのせいだよ」とクリントンが応じた。「こんなことに巻き込んでしまって。パーク夫妻だけでなく、きみにも申し訳ないと思っている。ただ、きみのやったことは正しいだろうし、ぼくにはあんなにうまく片をつけられなかったよ」

サクソンが家に戻ると、彼の帰宅を待って妻がまだ起きていた。「それで、幽霊は本物だったの?」と彼女はいった。「話を聞きたくて、うずうずするわ」

「いや、明朝までおあずけとしよう。あんまり愉快な夜ではなかったし、一生の敵を作ってしまったようだ――ミス・コーニリアスさ」

＊　＊　＊

朝食の際に彼は妻に昨夜の出来事を話した。

「誰に同情していいのかわからない」と妻はいった。「あなたなのか、それとも、あの哀れな女《ひと》なのかしら。サウス・コースト（サセックスからコーンウォールまでの英国の南部沿岸地域）の下宿屋の談話室でよく見かけるような、独特な雰囲気を醸しだす物静かで害のない老嬢のひとりとばかり思っていたんだもの。ともかく、あなたにはこの件で思い悩んでほしくはないわ。気晴らしにフリントンへ出かけてゴルフでもしてきたら？　どのみち、長期休暇になれば行くつもりだったんでしょう」

サクソンは口ごもりながら、行かない言い訳を探そうとしたけれど、妻には夫が内心では旅行も悪くはないと思っているのが一目瞭然だったので、午前中には夫を家から送りだすのに成功した。

金曜の午後、フリントンに到着してみると、たしかに心が晴れた。ドーミー倶楽部（ドーミーはゴルフ用語）には、いつも通りの気心の知れた連中がいた。トリニティ・コレッジ（オックスフォード大学とケンブリッジ大学の双方に同名の学寮がある）出身のマカリスターが、キングズ・コレッジ（ケンブリッジ大学の学寮）の若い生化学者を連れてきており、日が暮れてからは、サクソンは彼とフェンシングをやって好成績を収めた。体調も万全だ。月曜の朝になって、妻から手紙が届いた。

愛するアルフレッドへ

家を離れてもらって正解でした。暗雲――もちろん、喩《たと》えよ――は消えつつあります。わたしのとった行動を聞かせても、信じてもらえないかもしれない。虎穴に入らずんば虎子を得ず、というわけで、思いきった手を打ったの。つまり、ミス・コーニリアスと会って話をしたのよ。これから結果を教えるので、軽率だとかばかとかいいたいなら、聞いてからにしてちょうだい。今朝の日曜日は教会に行く気がしなくて――着任したばかりの新米の牧師補さんがお説教する予定だったの――川沿いを散歩しようと家を出ると、遠くにミス・コーニリアスの姿が見えた。ベンチに腰を下ろして、寂しそうで打ちひしがれた様子。細部は省くことにして、要するに、わたしは彼女のところへ歩み寄ると、先日の件は誠に申し訳なく思っていますと声をかけたの。最初はわたしが何の話をしているのかわからなかったようだけれど、晴ればれした顔になるとまではいかないにせよ、やがて元気を取り戻して、とても優しい態度になったわ。あなたにとんでもなく無礼な態度をとったのは認めたうえで、「あんな嫌疑をかけられたのですもの、ご主人も理解してくださるでしょうね」と弁解した。彼女の話では、人を欺《あざむ》くような真似は一切していないし、ペンを投げた件については、身に覚えがないとのこと。怪異現象は騒霊《ポルターガイスト》――これで字は合っているかしら?――の仕業だとあくまで信じるけれど、最大限に譲歩すれば、こういった現象には伝染性があって、自分も知らないうちに感染したのかもしれないというの。パーク夫妻はこの件では彼女にとても同情的なようで、彼女の家の改修工事が表の塗装をのぞけばほぼ完成したので、双方の合意の上で――学者先生様、「双方」の用法はこれで正しい?――彼女はパーク家を出て自宅に戻ることになったらしいわ。実際、彼女はもう戻っているのよ。これで話はおしまい。

手紙には追伸があった。

水曜日までは帰ってこずに、ゴルフ三昧、運動三昧で過ごしてちょうだい。実のところ、あなたの書斎の大掃除をするつもりなので、帰ってきてもらうわけにはいかないの。復活祭までに済ませておくべきだったわね。書類が紛失しないように気をつけます。

「モリーの本領発揮というところだな」と、サクソンは愛情と誇りをおぼえながら考えた。「夫のしでかした不始末を、文句も言わずにひとりでさっさと片づける」

休暇の恩恵を存分に味わって水曜日に帰宅したときには、先週の出来事は不思議なほど遠い過去のように感じられた。自分とミス・コーニリアスとの関係が今後どうなるにせよ、妻は自分を通じて新しい知己を得たらしい。

「虎穴に入らずんば、と手紙に書いたけれど――」とモリーはいった。「わたしは、虎穴に入っただけじゃなくて、虎、正確にいえば雌虎を手なずけてしまったようなの。彼女の古いお家《うち》はとびきり魅力的よ、アンドルー。コーンフォードにあんな素晴らしいところがあったなんて知らなかったわ。コーニリアスさんから数枚の写真をもらったけれど、それを眺めたら、あなただって、あの家が無性に欲しくなるわよ。『田園《カントリー・》生活《ライフ》』誌に写真付きで広告が載っている売り物件の立派なお屋敷みたいなんですもの」

翌週はたいしたこともなく過ぎた。彼が不在中の午後、ミス・コーニリアスが訪ねてきて、買ったばかりの立体写真機を妻に見せた。意外にも老女は熱心な写真家で――サウス・コーストの下宿屋によくいるタイプの人物という妻の見解を、サクソンは既に捨て去っていた――お宅の写真を撮ってあげましょうかといいだした。モリーはこの申し出に飛びついた。前景に元気な自分も一緒に写してもらえれば、ニュージーランドに移住した妹へ送るには格好なものとなるだろう。

できあがった写真は素晴らしかった。

「アルフレッド大王様、わたしがもし女優だったら、この写真をつけた芸能記事をあなたとふたりででっちあげて、お金を稼げるかもしれない。庭にいるわたし――『ええ、花がとても好きなの』。書斎にいるわたし――『本なしでは生きていけないわ』。台所にいるわたし――『オムレツはいつも自分で作ります』。化粧室にいるわたし――『ええ、その古い鏡はスペインで買いました』」

「おやおや」とサクソンはいった。「きみの混じりけなしの馬鹿話ときたら、とどまるところを知らないな」

ミス・コーニリアスは、自分の屋敷の室内写真も届けてきた。素人の作品とはとても思えない仕上がりで、しかも、立体眼鏡を通して見ると、奥行きと実物感が付け加わり、モリーのいうように「本当に部屋の中にいるみたい」だった。

九月も終わりに近づき、雷の多い蒸し暑い一週間となった頃、それは始まった――奇妙な意味不明の出来事が続発し、サクソン家にはこれまで無縁だった不安感をもたらしたのだ。はじめの頃、食卓のトースト立てが階段のてっぺんにあるのに気づいたときには、ふたりは笑ってすませた。しかし、ある夜、モリーの寝室のスリッパが部屋を横切って移動し、左右とも、まだ使っていない暖炉の火格子の中に鎮座していた。別の日には、サクソンのパジャマが枕の下から姿を消し、延々と探してみたあげく、衣装戸棚の最上段にきちんと畳まれているのが見つかった。書斎の書類は勝手に散らかった。モリーがこのところ編んでいたセーターが、ある朝、居間の石炭入れの中に発見されたが、すっかりほどかれており、毛糸はもつれにもつれてテーブルや椅子の脚に絡まっている。サクソンにも妻にも訳がわからなかった。

　無理をして顔に笑いを浮かべながら、「まるで、お化けが――」とモリーがいった。「コーニリアスさんが犯人だという結論は性急だったぞと、わたしたちを説き伏せようとしているみたいね」

「ばかなことをいうんじゃないよ」とサクソンは不機嫌な口調で答えた。「あの女が女中たちを買収しているというほうが、よほどありそうな話だ。ともかく、しばらくは、じっくり観察して、誰にも何もいわないことにしよう」

だが、彼自身もひどく動揺していた。超自然現象には偏見を持たないと公言していたけれども、冷たく不愉快な隙間風のような疑念が心の中に吹き込んでくるとは、よもや思わなかった。自分でも認めたくないくらい頻繁に、ミス・コーニリアスとあの毒気に満ちた悪罵《あくば》のことをつい考えてしまうのに気づいた。もしも、彼女が本当に……？　いや、合理的な説明がつくにちがいない。こうして、その週は過ぎていった。

日曜の朝になった。夫婦で朝食を終えた後、食卓から立ち上がったサクソンは窓の外を眺めていたが、くるりと振り返ってみると、妻がパン切りナイフの柄を指でいじくっているのが目にとまった。次の瞬間、ナイフは宙を飛んで炉棚の上の花瓶にぶつかった。

「アンドルー！」と彼女は叫んだ。「いったい、どこから飛んできたの？　もう耐えられないわ。アンドルー、わたしに突き刺さったかもしれないのよ？　ああ、もうたくさん！」

彼は駆け寄ると妻を抱きしめた。「モリー、だいじょうぶさ。怖がらなくていい。気を落ち着けて、神経がやられないようにしなくてはいけない。庭に出よう。話すなら屋外がいい」

自分でも何を言っているのかわからなかった。心が妻への憐憫の情で引き裂かれたからだ。合理的な説明を探してきたが、こんなにもおぞましい説明になろうとは想像していなかった。今やはっきりとわかった。パーク家でのあの夜の出来事を、あまりに詳しく妻に伝えすぎたのだ。自分のした話に、ミス・コーニリアスの異常性に、妻が魅せられてしまったのは明らかだった。そして、ついには、人を騙し欺くという下劣な欲望を妻は無意識の裡《うち》に取り込んでしまったのだ。それは単なる愚行を恐怖に変えてしまった。妻を慰めようとしている間に、このような思いが彼の意識の隅でせめぎあっていた。

「ぼくたちは先週からこのことばかり考えすぎてきたから――」と彼はいった。「そんな暮らしは断ち切って、一から新しくやりなおそう。ピクニックに出かけてランチをしよう」

「アルフレッド大王様がそんな提案をするなんて、事態はとても深刻ね」と、侘《わび》しい笑みを浮かべながらモリーが答えた。

「いや、笑い飛ばせれば大丈夫さ。きみのお気に入りのランチを何でも選んでくれ。涼しい森の中で、ひんやりした石の上に腰かけてサーディンのサンドイッチを食べよう。そして、毎日、人を招いてお茶を飲むか夕食をするんだ。ぼくは映画館に行こう」

モリーは彼にキスした。「あなたの提案は常識にかなったものだと思うわ。で、次はわたしからの提案。この件を誰にも話さなかったのはまちがいだったと信じているの。ふたりだけの秘密にしすぎたのよ。ふたりとも誰かに打ち明けるべきだわ。でも、あなたは秘密を洩《も》らさないタイプの科学者だから、あなたが誰に打ち明けるべきか、わたしに決めさせてちょうだいね」

「ミス・コーニリアスや牧師連中はごめんだぜ」

「いいえ、ラトレル医師《せんせい》よ。明日、お茶にお呼びするわ。あなたは彼が気に入っているし、ずいぶん長い間ご無沙汰しているけれども、二年前の冬に彼から受けた親切は忘れようにも忘れられない」

少し間をおいてから、「わかった」とサクソンはいった。「異議は唱えない。今度はきみが打ち明ける相手のことだ。教区牧師はだめだし、ソーンダーソン夫人は絶対にいけない。そうだ！ 絶好の人物がいるぞ。しかも、一石二鳥ときている。きみのいとこのアリスだよ。手紙を書いて、うちに二、三泊してもらおう。以前に来たいといっていたからね」

モリーの表情が明るくなった。

「きっと来てくれるわ」と彼女は応じた。「あなたが宣教師を嫌いなのは知っているけれど、彼女は宣教団にいるといっても医療班だし、あなたとは気が合うと思うの。明日、手紙を書くわ」

妻がしゃべるのを聞きながら、彼女の声に普段の陽気な熱心さがふたたび響くのを耳にすると、サクソンは自分が目撃したのはもしや勘違いではなかったのかと思わず自問した。見誤りだと信じられたら、どんなに安堵できることか！　自分の眼に何かの障碍があると納得できるならば！　そうだ、ラトレルが来たら、眼の検査をしてもらおう。

その日の午後、モリーは招待状を医師の許《もと》に届けた。翌日、彼は思ったより遅くやってきた。学校の実験室で仕事をしていたサクソンが家に戻ると、リチャード・ラトレルはモリーと居間で談笑していた。お茶が終わるとすぐに――妻が無理をして快活にしゃべっていたのを、彼は後になって思い出した――実験棟の自分の研究室なら誰にも邪魔されずに煙草をふかしながら話ができるから、散歩がてらそちらへ行こうと、サクソンはラトレルに提案した。

「じゃあ、三十分ほどしたら、呼びにいくわ」とモリーがいった。「帰られる前に、わたしのロック・ガーデンについて助言してくださることになっているから」

この三十分をサクソンは最大限に活用した。ラトレルは聴き上手で、ときおり質問を挟むだけだった。彼は眼も検査してくれた。

「眼に異常があるとわかれば、つまり、ぼくが自分の視力を信用できないと判定してもらえさえすれば、耐えがたい心の重荷を下ろせるんだがね」

「実のところ――」と、検査を終えてから、ラトレルはいった。「きみの視力は完全に正常というわけではないよ」

「それで、このいまいましい出来事はどう解釈する？　きみにはありのままの事実を聞かせたし、ぼくが想像力に富む人物でもなければ、大袈裟な話をしがちな男でもないのを忘れないでくれ。ぼくは正規の教育を受けた科学者なんだ」

ラトレルは、考えこみながら、長い人さし指で痩せた頰をこすった。

「きみが聞かせてくれた話から、検討すべき点はふたつある。ひとつは、ぼくがどう解釈するかだが、現時点では何ともいえない。きみの話した現象をこの目で見てみないことにはね。ふたつめはさらに重要で喫緊《きっきん》の問題、つまり、きみの奥さんに関わる。きみが彼女を心配するのはもっともだ。誰か信用できる人物に家にいてもらうべきだと思う。看護婦は絶対に勧められないね。朗らかな話し相手がいい」

妻のいとこで宣教団の医師として働くミス・ホーダーンに手紙を送ったと、サクソンは告げた。

「それは名案だ！」とラトレルはいった。「こういう危急の際にいてもらうには格好の人物だよ。彼女が来たら、是非とも少し話をさせてくれ」

モリーが研究室にやってきたので、ふたりの会話は終わった。「お帰りの前に、わたしのロック・ガーデンを見てくださいね」と彼女は医師にいった。

「ところで、実験室に入れた新しい設備を覗きにいかないか？」とサクソンが口をはさんだ。「そちらに寄っていこう。十分もかからないから」

だが、とても十分ではすまなかった。サクソンは新設備の素晴らしさを得々と説明し、熱中のあまり自分の身辺を覆う暗雲をなかば忘れるほどだった。ラトレルに複雑な装置の仕組をせっせと解説していると、何かが落ちてガラスの割れる音がして、彼もラトレルもぎょっとなった。

「すまない」とラトレルがいった。「ひどいヘマをしでかしたな。振り返ったときにひっかけて、実験台から落ちたんだ」

「リチャード！」とサクソンが叫んだが、その声には奇妙なこわばった響きがあった。「そこはもういいから、こちらを片づけてくれ。硫酸の入った瓶が床で砕けている。モリー、きみは先に帰りなさい。ぼくたちもすぐに戻る。ラトレルが片づけるのをぼくは『監督』するから」

モリーが出ていくと、「ラトレル――」とサクソンが口を開いた。「紳士らしく、きみは嘘をついてくれたね。でも、硫酸の瓶を放り投げたのは妻だ。きみのいたところから彼女は見えなかっただろうが、ぼくには見えた。瓶がもともと置いてあったのは、そこだ」彼が指さしたのは、ふたりが今そばにいる実験台の奥にある薬品棚のがらんとした一角だった。「こんな状態から彼女を救い出さなくてはいけない。きみが救い出してくれないといけない。さもなければ、ぼくは気がおかしくなってしまうよ」

「思っていたより深刻な事態だな」と医師は答えた。「彼女が、実家のお母さんのところに、数日間身を寄せるのは可能か？」

「ああ、でもロンドンに住んでいる。親切だけれど騒ぎたてるタイプだから、こんな非常時にはたいして役に立たないだろう」

「そんなことはあるまい！　実の母親なんだぞ。今晩にでも行くべきだ。誓ってもいいが、家から離れたら彼女は良くなる。理由はいま説明できないけれど、その自信は絶対にある。すぐに荷造りさせて、ぼくが駅まで送って十八時二十分発の列車に乗せる。いやいや、だめだ。ぼくがきみの立場だったら、一緒についてなどいかないよ。彼女の心が乱れるだけだ。母親に送る電報の文面を書きたまえ。駅からの帰りに発信する。どのみち、帰り際には、もう一度ここへ戻ってくるつもりだから。強い睡眠薬を持ってこよう。きみは忍耐ぎりぎりの酷《ひど》い目に遭ったんだ。奥さんに話をつけるのは、ぼくに任せろ。いいかい、宣教師のいとことやらがここに到着して家にいてくれるようになったら、奥さんは戻ってこられるんだ」

「ラトレル、きみは本当の友人だ」と、感情をこめてサクソンはいった。「何とお礼をいえば――」

「よせよ、立場が逆だったら、きみだって同じことをぼくにしてくれるさ。当然のことをしたまでだ。きみは手を出さずに、こちらにすべて任しておけ」

この夜、サクソンは安堵を覚えて床についた。自分のために決断、しかも賢明な決断が下され、そのために色々と手配してくれたのは彼が絶対の信頼を置く人物だとわかっていた。睡眠薬を飲んだが、波乱万丈の一日の記憶を忘却の霧がかき消すまでに長く待つ必要はなかった。

サクソンの妻は一週間近く家を離れた。ほとんど毎日のように彼女は陽気な長い手紙を寄越したが、彼にはその半分も陽気な気分で返事を書くのさえ苦しいところだった。日中は実験室にこもって、大幅に遅延中の研究を完成することで我を忘れようとした。しかし、夜になると気持が乱れてしまい、体がくたくたになれば疲れきった心も休まるのではないかと思って、何時間も庭を歩き回った。あの宿命的な夜のことを振り返ると、慄然とする。ああ、ミス・コーニリアスと出会いさえしなければ！　パーク家を訪れてから、彼女と顔を合わせる機会はなかったが、ある日の午後、彼が外出中に訪ねてきて、名刺を置いていった。彼女と妻が親密な関係かもしれないと考えるだけで、おぞましい気分になったけれど、さりとて絶交を表立って宣言するのも気が進まず、妻はしばらく不在にしており帰ってくる日も決まっていませんという儀礼的な手紙を書いて済ませることにした。

熟慮の末、サクソンはモリーの不在中にひとつだけ行動をおこした。オックスフォード大学で同窓だったベストウィックに手紙を書いたのだ。ベストウィックはラドルバーン精神病院の副院長を務めており、モリーが精神分析を受けるべきかどうか意見を聞くためだった。戻ってきた返事によれば――それをサクソンは自分の机の鍵のかかる引き出しに隠した――さらに詳細な情報が必要なので、ベストウィックとしてはサクソン家のかかりつけの医師と連絡をとりたいという。

モリーが帰ってきたのと同じ日に、アリス・ホーダーンも到着した。モリーのいとこから彼が受けた第一印象は、五十歳ぐらいの憂い顔の女性で、ときに浮かべる微笑は魅力的というものだった。アリスは物静かで控えめだったけれど、彼女がそばにいると、サクソン夫妻は長らく感じたことのない落ち着いた気分を味わった。

ラトレルが実験室で目撃した事件を最後にして、不安をかきたてるようなことは表面的には何も起こらず、身の毛もよだつ悪夢からようやくにして目覚めつつあるのだとサクソンは思いはじめたが、まさにそのとき、ミス・コーニリアスが訪ねてきて、モリーとふたりきりで一時間以上も過ごしたのだった。

サクソンが問いただすと、「わたしが招《よ》んだわけじゃないわ。会いたくなかった」と妻は答えた。「でも、面と向かって、そういえなかったの。礼儀というものがあるわ」

「わざわざ毒蛇を触りにいく必要はあるまい」と、彼は声を荒げた。「ぼくたちが苦しんでいるのは、すべてあの女のせいなんだ。彼女にすぐに手紙を書いて、お付き合いは遠慮させていただきますと伝えなさい」

「そんなことはしませんし、アンドルー。どうしてそんなに愚かなの？　彼女には何よりもまず同情を寄せてあげるべきなのよ。お願いだから、この件について言い争うのはやめにしましょう。喧嘩する値打ちもないわ」

たしかにふたりとも口論するには疲れ果てていた。というか、口論の後で和解するには感情を消耗する過程が必要だが、疲労困憊のあまり、それをやりとげる気力がなかった。しかし、サクソンは既に決心を固めていた。翌日の午後、モリーには一言もいわずに、彼はミス・コーニリアスの家を訪問した。

彼を居間に通すと、彼女は「会いにいらっしゃるだろうと思っていましたわ、サクソンさん」といった。「どうぞ、おかけになって」

「申し訳ないのですが――」と彼は口を開いた。

ミス・コーニリアスが笑い声をあげた。

「火を見るより明らかというのかしら、あなたはわたしをひどく恐れていらっしゃる。あら、ごめんなさい、お話の腰を折ってしまって」

「わたしが――」とサクソンは先を続けた。「いおうとしていたのは――」

「わたしに家へ来ないでほしい、あなたの奥さんとの付き合いをやめてほしい――図星でしょう？　でも、お聞きしてかまわないかしら、あなたのご要望にどうして応じなくてはいけないの？」

何と答えてよいかわからず、彼は口ごもった。

「あなたの抱える問題は――」と彼女は続けた。「そして、あなたの感じる恐怖の一部は、あなたがわたしを理解できないということなのよ。二週間前には、あなたにとって、わたしは下宿屋によくいるような老嬢だった――気分が昂揚する状況を作ろうと渇望して、指をうずうずさせている女。ところが、今や、あなたは自信を失った。でも、元気をおだしなさい、サクソンさん。わたしたちの住むのは理性的な世界よ。わたしが魔女だと考える必要なんて毫《ごう》もないわ。たいがいのことはテレパシーで説明がつくのだし、最近あなたを苦しめている出来事もそれで説明がつくかもしれない。説明がつけば、どれほど安心でしょう。わたしがあなたの立場だったら、精神分析医に手紙を書いて、奥さんを治療してほしいと頼んでみるわ。ラドルバーン精神病院には専門医がいるのでは」

恐怖に満ちた眼でサクソンは相手を凝視した。

「きっと頭がひどく混乱していることでしょうね」と彼女は続けた。「あなたが感じているにちがいないことがわたしにはわかる。とんでもない難問ですもの。つまり、あなたの心を読み、あなたの家での出来事を知る不気味な力をわたしが持っているのか？　それとも、あなたの善良な奥さんが、内緒で机の引き出しの鍵を開けて手紙を読み、その内容を敵であるわたしに伝えたのか？　頭が混乱しても当然だわ」

「しかも、この難問はわたしの想像していた以上に不愉快なものね」と、彼女はさらに言葉を継いだ。「だって、鍵のかかった引き出しを勝手に開けたのかと奥さんに訊《き》く勇気がもしあるとして、そして、彼女がそんな真似はしていませんと憤然と答えたとしても、ここ二週間の出来事を考えれば、彼女が嘘をついていないとあなたに確信できるわけがないもの」

ミス・コーニリアスは不意に大きく笑いだした。

「いったい何がいいたいんだ!」と、怒りに我を忘れてサクソンは叫んだ。

彼女は呼び鈴を鳴らした。

「チャーマーズ」と彼女は女中にいった。「サクソンさんをお見送りして。それと、今後は来られてもお会いしないから、覚えておいてちょうだい」

この訪問についてサクソンは妻には何も話さなかった。妻の疲れ果てた眼差《まなざ》し、無理に快活さを装う微笑に彼は心を苦しめられた。もう耐えられないほど彼女は苦しんできたのだ。翌晩、モリーが早めに床についたので、彼はアリス・ホーダーンと長く話をした。冷え込んだ夜で、火の入った暖炉のある書斎が打ち明け話をするのに格好だった。ミス・ホーダーンは居間で編み物や刺繍はしない女性なので、書斎へ移るのに同意して、「紙巻き煙草はお持ちかしら」とサクソンに訊ねた。

「何ですって?」と彼は微笑しながら答えた。「宣教団で医師として働く女性が煙草を嗜《たしな》まれるとは思いもしませんでした」

「いえいえ、アンドルー、わたしはまず第一にひとりの女で、次が医師、最後に宣教師なのよ。しかも、宣教団から休暇をもらって、ここに来ていることをお忘れなく。あなた、とても心配そうな顔つきだわ。でも、モリーのことじゃないわね。このところ、彼女の心配をするような理由は特にないもの。では、話してちょうだい」

彼はすべてを打ち明けた。その間、紫煙を燻《くゆ》らせながら、妻のいとこは思慮深い優しい眼で相手を眺めていた。

「こういう次第だから、ぼくに気に病まないでいいなんていっても無駄ですよ」と、彼は話を締めくくった。「愛する妻を介して襲ってくる、こんなおぞましい憎悪は邪悪の極みだ。気に病んで当然でしょう」

「でも、たとえコーニリアスさんがあなたの考えている通りの人物だとしても――」

「彼女がどういう人物かなんて考えたくもない」と彼はうめいた。しかし、アリス・ホーダーンは相手の言葉を無視した。

「あなたが憎悪にたいして憎悪で報いるのは、まさしく彼女の思う壺なのよ」

「それは宣教師としてのご意見でしょうかね」と、彼は辛辣に言い返した。

「いいえ、ひとりの女としてよ。人を憎んだら、その人のことで頭がいっぱいになってしまう。その点で、憎しみは愛に似ている。でも、この表現を『まず忘れて、それから許しなさい』という意味に使うのはおかしい。順序が逆よ。だって、許さないかぎり、忘れることはできないもの。心の平安を得るために、あなたはコーニリアスさんを忘れなくてはいけない。だったら、まず許さなくては」

「言葉遊びにすぎないよ。彼女がこれまでにしたこと、今していることを知っているのに、どうして許せると? おまけに、彼女にひどく傷つけられているのは、ぼくよりむしろモリーなんだから、ぼくに許す権利なんてあるわけがない」

「そうとばかりはいえないと思う」と、ミス・ホーダーンは応じた。「試してみることはできるわ。ただし、これだけは忘れないで――引き出しを開けて手紙を読んだかとモリーに訊ねて、彼女がいいえと答えたら、信じてあげてね。コーニリアスさんでさえ、モリーが真実を語るのを妨げるのは無理よ。彼女はその点では無力だから」

ふたりが腰を上げて寝室に向かったときには、既に十一時をすぎていた。ふたりは二階へ一緒に上がったが、サクソンは踊り場で立ちどまると窓を閉めた。

「何てことだ!」と彼は大声をあげた。「あの女が庭にいる。イチイの木の下に立っている」

ミス・ホーダーンは彼のもとに駆け寄った。

「どこにいるの? 誰も見えないわ」

「姿を消したんだ。でも、ついさっきまでそこにいた。顔も見えた」

「一緒に来てちょうだい」と彼女はいった。「庭に出るのよ。もしコーニリアスさんが本当に庭にいるなら、警察沙汰よ」

しかし、庭を探しても誰もいなかった。

「ぼくの妄想かもしれない」と、疲れきった様子でサクソンがいった。「ぼくのいまいましい妄想さ。ただし――」と、後から思いついて、彼はこうつけくわえた。「憎悪がその対象を引き寄せた実例だというなら、話は別だがね」

彼がミス・コーニリアスを目にする機会は、あともう一度、もう一度だけ訪れることになるだろう。その後で、彼女が自動車事故のために死亡し、日中は心をさいなまれ夜は絶望するという生活から彼は解放される。

サクソンに頼まれてラトレル医師はベストウィックに既に手紙を送っており、後者は病院でモリーと面談をおこなう日を指定する返事を寄越していた。ラトレル自身はサクソン夫妻に付き添うのは無理だったが、自分の車を運転手と一緒に貸してくれた。ミス・ホーダーンはドライブがてら夫妻と同行した。サクソンはミス・ホーダーンが心遣いを発揮して助手席に座ってくれたのをありがたく思った。というのも、モリーはとても落ち込んでいて、いとこに道中の田園風景を紹介するような気分でないのは明らかだったからだ。できるかぎり妻の心を慰めようと、ベストウィックと率直に話をすれば自分たちが現状を正しく理解する助けになるとサクソンは説明し、彼は打ち解けやすい医者だと請けあった。

目的地に近づいてきたとき、彼は妻が泣いているのに気づいた。

「アンドルー」と彼女はいった。「アルフレッド大王様、わたしを信じてくれるわね。わたしがあなたを陥れようとしたとか、傷つけようとしたとかなんて信じないわよね。それだけは約束して」

「もちろん、きみを信じるよ。無条件に信じるし、これからもずっと同じさ」

「それと、ベストウィック先生とお話しするとき、アリスにそばにいてもらいたいの。かまわないでしょう? 彼女にはすべてを打ち明けてきたから、何でも知っているし」

「とてもいい考えだ」と彼は答えた。「きみのいとこには感服しているからね」

ベストウィック医師と会って握手を交わした後で、サクソンは陰気な待合室に取り残された。予備面談をおこなうために、医師がふたりの女性を自分の研究室に連れていったからだ。十分後、ベストウィックだけが戻ってきた。

「さて――」と彼は口を開いた。「これまでの成り行きをきみの口から聞かせてほしい。急ぐ必要はない。ゆっくり時間をかけて、些細と思えることも含めて一切合切話してくれ」

話を聞き終わると、「サクソン——」と医師は切り出した。「ぼくがこれからいうことは、大きなショックになるだろう。ただし、ひとつだけ、きみが安心していい点があって、きみにとっては最大の関心事だと思う。つまり、奥さんにはどこも悪いところはないんだよ。彼女を診察する必要はない」

「彼女」という言葉を相手が少し強調したので、サクソンは驚いた。「何がいいたいんだね？」

「きみはとても心を乱される体験をしたが、それは折り悪しくも学校のきつい仕事で疲労困憊していた時期と重なっていた。ミス・コーニリアスと出会ってから体験したことのために、きみの精神は一時的にバランスを崩してしまったのさ。おまけに、当然というべきだろうが奥さんの身を案じたから、よけいに悪化したんだ」

「つまり——」とサクソンがゆっくりといった。「ぼくは気が狂っていると」

「狂うという言葉は定義が難しいが、ともかく、パン切りナイフを投げたときや、硫酸の瓶を投げるのをラトレルに目撃されたときには、きみは本来の自分ではなかった。踊り場の窓からミス・コーニリアスの姿を見たと思ったときも、同じだ。サクソン、忘れないでほしいんだが、身近な人々が真実を隠していたとしても、それはきみのためを思ってやったことなんだよ。でも、ぼくはすべてを正直に話すからね。きっと治るよ。入院してもらうのも、比較的短期間ですむかもしれない。ただし、回復するまでは――いいかい、ぼくはこうしてきみを正常扱いして話をしているわけだから、そんなに状態が悪くないのはわかってもらえるだろう――奥さんの安全を考えなくてはいけない。彼女はたいがいの女性にはできないことをやってのけた。勇気と献身を持って、危険と誤解に立ち向かった。お別れの言葉を交わさないように奥さんを説き伏せたのは、ぼくだ。たぶん数週間後には面会に来てもらえるよ」

「でも、ミス・コーニリアスは――」とサクソンは喘《あえ》ぎ声をあげた。「ミス・コーニリアス！　彼女はいったい――」

「ミス・コーニリアスは――」と医師は答えた。「残酷で悪意に満ちた女だ。きみが最初に下した判断は正しかった。おそらく心霊術《スピリチュアリズム》に手を染めていたんだろう。異常な能力があるいっぽうで、無意識にインチキをやる習慣も身につけていたのではないかな。本物の霊媒でも信頼できない場合が多いからね。でも、いいかい、ミス・コーニリアスは単なるきっかけにすぎず、きみの病気の原因ではない」

「では、彼女はあそこで何をしている？」とサクソンは不意に叫んだ。彼は勢いよく立ち上がると、窓の外を荒々しく指さした。「そこの道路を通りすぎる車だ！　早く見にきてくれ！　ウィンドウを下ろして、ぼくに手を振っているぞ」

一台の車から手が振られているのが、ベストウィックの目にちらりと映った。

「ミス・コーニリアスかもしれないし、そうではないかもしれないが――」と彼はいった。「さあ一緒に来てくれ。病室に案内するよ」

追随者

The Follower

「奇蹟はもはや起こらないといわれているし、摩訶不思議で原因が定かでないものも学者たちによって平凡でありふれたものとされる。かくて、わたしたちは恐怖をないがしろにしてしまい、未知の恐怖に身を委ねるべき際に見せかけだけの知識に安住するのだ」（シェイクスピア『終わりよければすべてよし』第二幕第三場）

リン・スタントンは『終わりよければすべてよし』から引用したい箇所をようやく見つけたが、探すのに一時間近くかかってしまった。椅子を暖炉に引き寄せて、パイプに煙草をつめる。これから執筆しようとする物語のために、何か不気味で不吉なアイデアを思いつきさえすれば……。四月の朝、まだ十時にもならない時刻だったけれど、彼は未知の恐怖に身を委ねる気分になっていた。物語は既に自分の頭の中あるいは周囲に漠然と漂っていた。どんな感じにしたいかはわかっている。しかし、物語そのものが出てこない。どうして形にならないのだろう。明るみに出てきてくれれば、少なくともぼんやりとした概略、あとで思うがままに肉づけできる骨格はつかめるのに。

この疼《うず》くような不安はなかば心地よくもあったが、なぜなのだろうと彼は自問した。実際のところ、昨晩はよく眠れなかった。深夜二時頃に悪夢から目が覚めて、一時間ばかりまんじりともせず、カーテンのかかっていない窓越しに、谷間の向こう側、半マイル離れたところにある、ウィントン・パーベロー村の〈旧牧師館〉に点《とも》る灯《あか》りを眺めた。そこには東洋学者で聖堂参事会員《キャノン》のラスボーンがクルツィウス博士というドイツの友人と共に暮らしているらしい。消える気配のない灯りのせいで彼は眠れなかった。谷間を隔てて半マイルも離れているのに、ラスボーンとクルツィウスのせいで眠れなかったのだ。

「学者たちによって平凡でありふれたものとされる――」と彼は繰り返してから、口をつぐんだ。物語のアイデアが生まれつつあった。影のように漠とした筋が見えだしてくる。骨格が明確になってきた。

三十分後にスタントンは机から新しい帳面を取りあげて、その背に日付と「追随者《フォロワー》」という題名を記した。それから、物語の梗概をゆっくりとではあるが淀《よど》みなく書きはじめた。

「小アジアの僧院で写本を探求する年老いた学者が、珍しい羊皮紙写本《パリンプセスト》に遭遇する。普段はしごく穏やかで実直な人柄だが、蒐集家としての情熱の虜《とりこ》となってしまう。ある僧侶の助けを借りて、彼は写本を自分のものにするが、その手口はいかがわしいと世間から疑いなく非難されるものだ。僧侶は自分を英国に連れていくよう老学者を説き伏せる。写本の解読には、僧侶の助力が計り知れない価値を持つからだ。ふたりは田舎の辺鄙《へんぴ》な村で一緒に暮らす。大変な努力の末、彼らは写本の意味を理解する――失われた福音書の断片ではなく、まったく異なる性質のものと思われた。老学者は研究にのめりこむ。村では神学博士として通る僧侶は、老学者の友人にして追随者である」

スタントンは満足した。このアイデアはいい。長い物語に仕立てるのも可能だろう。しかし、三千語か四千語ほどの短篇にとどめておく気持に傾いた。結末がどうなるのかわからないが、その点について心配はしなかった。なるようになるだろう。重要なのは物語の雰囲気を適切なものにすることだ――見せかけだけの知識と未知の恐怖。

もちろん、ラスボーン聖堂参事会員とクルツィウス博士が着想を与えてくれたのだ。夜中の二時に目が覚めて、谷間の向こう側、半マイル離れた〈旧牧師館〉に点る灯りを目にしなければ、この物語は生まれなかっただろう。「シェイクスピアも同じだ」

と彼はひとりごちた。「探していた箇所が見つからなければ、物語にふさわしい気分になっていなかっただろう」

午前中をだらだらとではあるが満足いくように過ごせたと感じながら、彼は昼食の席についた。午後は庭を掘り返す肉体労働をして、お茶と夕食の間は、執筆中の長篇小説に二、三時間ほど取り組もう。短篇のほうはこのまま熟成してくれるだろう。一、二日したら再度眺めて、どのように展開するかを見てみよう。

しかし、同居する姉からミセス・ブラムリーとミス・ニュートンがお茶にやってくると聞かされて、穏やかな気分にけちがついた。教区牧師の妻でずけずけとものをいうミセス・ブラムリーについては、とりたてて文句はない。ウィントン・パーベローに似つかわしい人物だ。しかし、ミス・ニュートンにはいつも悩まされる。フリーの口さがないジャーナリストを隣人に持つのは不運というほかない。スタントンは彼女の執筆する文壇ゴシップが嫌いだった。というのも、彼が洩《も》らした片言隻語《へんげんせきご》をどこかの雑誌の「読書人随想」欄で長い文章へと勝手に仕立て上げるとわかっていたからだ。おそらく、執筆中の長篇についてあれこれ聞きだすつもりだろう。危険な女で、扱いには注意しなければならない。

鋤《すき》を手にすると、シャツ姿のスタントンは二層に分けて掘り起こす作業をしている石ころだらけの地面に怒りをぶつけた。三時半すぎに客が到来するのが目に入ったけれど、彼女たちが姉と教区の噂話をまずは少しばかり交換する時間として十五分ほどの余裕を与えてから、気が進まないのは巧みに隠して、居間にいる三人の会話に加わった。何はともあれ、ミセス・ブラムリーは薔薇の育て方にはずいぶんと詳しいからだ。お茶が出されたばかりのところだった。スタントンが当たり障りのない答えをしたと、自分がことのほか嫌う某現代詩人の重要性をミス・ニュートンから訊ねられて、スタントンが当たり障りのない答えをしたとき、庭側の門の開く音が聞こえ、ふたりの人物が長い砂利道を歩いてくるのが見えた。

ひとりは年配の牧師――髭をきれいに剃っていたが、服装はいささかみすぼらしく、素早いが足を引きずる歩きかたをしている。その後に続くのは背の高い男で、長い黒々とした顎鬚を生やし、昔風のフロックコートをまとっていた。

呼び鈴が鳴ってすぐに、女中がラスボーン聖堂参事会員とクルツィウス博士がお見えですと告げにきた。

自己紹介を済ませてから、「ミス・スタントン――」と聖堂参事会員がいった。「こうしてお邪魔したのはいささか異例なことかと存じます。というのも、わたしどもはこの素晴らしい村の方々の誰ともお付き合いしておりませんし、人生の大半を辺境の地で過ごしてきましたので、わたしは礼儀作法のいろはを無視しがちです。ふたりで

〈旧牧師館〉にずっとこもっていますから、意識してではなくとも、客人を遠ざけてしまう。しかしながら、わたしどもは隣人らしくありたいと願っているのです――その点は請けあっておきます」

老紳士が神経質になっているのは明らかだったが、スタントンの姉は人をくつろがせる才能に恵まれていたし、地位の高い他所者《よそもの》というのはウィントン・パーベローでは珍しかった。

しかしながら、ミセス・ブラムリーは不満を口にした。

「残念なのは――」と彼女はいった。「参事会員さまとは教会でお目にかかったことがございませんわね」

老人はぎょっとして顔を上げたが、返事をしたのはクルツィウス博士のほうだった。

「喘息」と彼はいった。「喘息デス」

「そうなんですよ」とラスボーンは慌てて言葉を挟んだ。「奇妙にして誠に不運なことに、教会で使われる香《こう》が喘息の発作を必ず引き起こすとわかりましてね。用心しないといけない」

「で、博士は？」と、怯《ひる》むことのないミセス・ブラムリーは切り返した。「博士も喘息をわずらっていらっしゃる？」

「クルツィウス博士は――」と、今度はラスボーン聖堂参事会員が応じた。「国教徒ではありませんからね」

ここでヒルダ・ニュートンが会話の流れを変えた。「参事会員さま、よろしければ、あなたのされた発見について教えていただけませんこと？　きっと東方でわくわくするような冒険を体験されたにちがいありません。ここウィントン・パーベローで、わたしたちはとても単調な暮らしをしていますので――狩るものといえば狐しかいないんですのよ――貴重な古写本を見つけだす興奮なんて想像もつきませんわ」

ラスボーン聖堂参事会員はカップをテーブルにおくと、「おっしゃる通りですよ、お嬢さん」と口を開いた。「探求の魅惑というのは大変なものです。素晴らしいものです」そして、スタントンの驚いたことには、老人は滔々《とうとう》と語りはじめたのだ。彼はもはや神経質な聖職者ではなく、自分のする話に我を忘れる熱狂者だった。ギリシャ、小アジア、シナイ半島の修道院、学者たちがたびたび漁りまわった図書館、途方もない価値をもつ文書が見つかるかもしれない屑の山、無知で朴訥《ぼくとつ》に見えるけれど実はしばしば学殖に富み抜け目のない僧侶――秘密の隠し場所に自分たちが保管するものの価値を理解している――などなどについて、老人は語った。「クルツィウス博士のほうがもっと詳しい」と彼はいった。「彼の実地体験はわたしの比ではありませんからな。ただし、残念ながら、彼は英語がほとんどしゃべれない」

「ソウデス」と、先ほどひとこと話したきりだった博士が応じた。「ギリシャ語、イケマス。ラテン語、イケル。アルメニア語、イケル。シリア語、アラム語、イケル。デモ、英語、ホトンドダメ」

「失われた奥義の難解な言語が――」とミス・ニュートンがいった。「わたしたちのような平凡な人間には見当もつかない体験や現象について語っているのね。おふたりが羨ましいわ！」

「何ですと？　何とおっしゃった？」とラスボーン聖堂参事会員が神経質な口調で訊ねた。「先ほど申したように、こういった羊皮紙写本の解読は至難のわざですぞ。忘れてならないのは……」

　この間もスタントンの視線はクルツィウス博士に注がれていた。博士は何も食べておらず、今は紅茶をゆっくりとかきまぜていた。その動作はどうしてぎこちなく見えるのだろう？　もちろん、スプーンを左から右へと横に動かしているからだ。しかも、ソファに座る小柄な鳥のような聖堂参事会員を、大きな黒猫のようにずっと凝視しているからだ。何とまあふさふさした顎鬚なんだろうとスタントンは思った。頭頂部を剃っているのかどうか我知らず確かめようとしたが（カトリックの修道士は頭髪の一部を剃る）、博士が謎めいた微笑を浮かべて彼のほうを見上げたので、慌てて目をそらせた。

　ラスボーンが相変わらず話し続けている。

「……入手が困難なのはいうまでもありません、困難きわまりない。正直な話、英国に持ち帰るのは一苦労でした。しかも、ミス・スタントン、解読は骨の折れる作業で、眠る時間もないほどで、毎晩、夜更けまで灯りを点す生活です。不運なことに視力も落ちてきたのですが、クルツィウス博士がいつでもわたしの眼鏡役を務めてくれます」

「ほんとうにわくわくいたしますわ」とミス・ニュートンがいった。「研究のご成果はいつ頃発表されるんですの?」

「残念ながら――」とラスボーンは答えた。「出版社を見つけるのは難しいかもしれません」

「でも、そんなにお貴重なお話ですのに!　埋もれてしまうなんて、あんまりだわ。スタントンさんに頼んで代わりに書いていただくべきじゃないかしら」クルツィウス博士とラスボーン聖堂参事会員は同時に顔を上げた。ふたりの目が合って、クルツィウスが頷いたようにスタントンには見えた。

「スタントン氏は――」とラスボーンがいった。「作家でいらっしゃるんですか?

存じませんでした。思慮が足りなかった、少しばかり軽率でしたね。スタントン氏には、わたしのした話はくれぐれも口外無用、厳秘だとわかっていただけるでしょうな。つまり、要するに――」

「おっしゃりたいことは承知しておりますとも」とミス・ニュートンは笑いながら答えた。「事実を面白い作り話《フィクション》に変えられるのは困るんでしょう」

「スタントン氏はわたしのいわんとすることをきっと承知しておられるでしょう。ミス・スタントン、わたしは自分を学者だと、つまり、その……理解が困難なものを平凡でありふれたものにする人間だと考えております。したがって――無礼な言葉をお許しください、わたしがたぶんまちがっておるのでしょうが――小説家の想像力には不信感を抱いている。非常に危険な才能だとわたしには常に思えます、不穏なまでに危険だと。では、これにてお暇《いとま》することにしましょうか、博士。ミス・スタントン、とても楽しい訪問でした。ミセス・ブラムリー、わたしは……わたしの……喘息のせいで教会に足を運ぶのはほぼ不可能なのです。みなさん、ぜひとも〈旧牧師館〉においでください。みなさんには親切にしていただいて、誠に愉快な午後が過ごせました。玄関までのお見送りは無用です、スタントン氏。順路はわかっておりますから」

「さようなら」とミス・スタントンがいった。「クルツィウス博士、あなたには大したおもてなしもできなくてすみません」

博士は「とんでもない――」と応じて、彼女の差し出した手を握りながら深くお辞儀をした。「ラスボーン聖堂参事会員の――英語では何といいましたかな、弟子《デイサイプル》？ いや、ちがう――追随者《フォロワー》（フォロワーには追跡者、尾行者の意味もある）であるだけで、わたしは満足ですから」

スタントンは客たちを玄関まで見送った。そして、ラスボーン聖堂参事会員の温かく湿った手、クルツィウス博士の冷たく乾いた手を一瞬だけ握った。微笑も浮かべずにさようならをいうと、彼はふたりが狭い砂利道を通って去っていくのを見つめた。老人が先に進み、来たときと同じように、足を引きずりながらもとても素早い奇妙な歩きかただ。黒い顎鬚を生やし黒いコートを着た男がすぐ後《フォロウ》に続き、断固とした大股で進んでいく。

すぐに居間に戻って女性たちのおしゃべりを聞く気にはなれなかった。何か奇妙なことがたしかに起こったのだが、しかし、彼にはその正体がつかめなかった。もちろん、あの短篇はもはや書けない。たとえヒルダ・ニュートンが居合わせなかったとしても、書けない。だが、どうでもいいことだ。書けたところで、所詮はつまらないものだろう。

しかし、どうして、あのふたりは彼の裏をかけたのだろう？ 彼があの短篇を書こうとしているのが、どうしてわかったのか？　書くなと警告されたのはまちがいないけれど、なにゆえの警告なのか？　彼が……彼が真実に肉迫しすぎたというなら話は別だが。だが、それなら、いったいどんな真実なのだ？

居間の扉を開けたとき、彼は安堵に近い感情を覚えた。少なくとも、女たちのおしゃべりで気が落ち着く。未知の恐怖に身を委ねるのを、彼は恐れたのだ。

道具

The Tool

南側の長い回廊が気に入っている。壁は明るい色で、庭に面する窓が低い位置にある。とても静かなので――とりわけ、ジェラビーが調子を崩して自室に閉じこもるしかないときには――執筆はそこでおこなう。社会民主主義者を自称するジェラビーは、人権について雄弁だ。非常に淀《よど》みなく言葉を操り、事実と数字に強くて、どんな議論であろうと聴き手を得心させる。だが、わたしたちはこの種の才能にはたやすく飽きてしまう。それくらいなら、座って涎《よだれ》を垂らしながら編み物をするチャーリー・ラヴェルが先祖のとめどない話をするのに耳を傾けるほうがましだ。

昨日の説教のことを思うと、微笑を禁じえない。説教をした聖堂参事会員《キャノン》のエルドレッドは明らかに落ち着きを失っていたけれど、似たような状況に置かれたら、わたしもきっとそうなっただろう。彼は快活な赤ら顔をしており、顎にはたるんだ肉が段をなして重なっている。健全な心をそなえた典型的な俗物で、眺めているぶんにはよかった。しかしながら、彼はわたしたちに語りかけねばならなかったのだ。説教の題目として、彼は「快活である務め」を選んだ。立派なテーマで、話は要を得ていた。だが、彼は自分の語りかける人々がどんな状態にいるのかをまったく理解していないのではないか――わたしはそう訝《いぶか》しむほかなかった。こちらの必要とするものを彼が認識していたのは明らかだったけれども、わたしたちを大人というより子供扱いする傾向があった。彼は軽率にも「世間の普通の人」について説教で触れたが、そのために、自分の立場の欺瞞性を露わにしてしまった。通常の人々を満足させるべく意図された議論など、こちらに用はない。なぜなら、わたしたちは尋常ならざる立場におかれた尋常ならざる人間であるからだ。

そう、控えめにいっても、「世間の普通の人」とは不適切きわまりない言葉だ！

エルドレッド聖堂参事会員にはわたしの体験談を聞かせてやりたいと思う。彼はとってしかるべき休暇に来週出かけると、昨日、わたしたちに語っていた。そして、今から二年前に、わたしもまた夏の休暇を取ろうとしていた。実際には秋の休暇というべきだろう。当時のわたしは、イングランド北部の労働者の多い大きな教区で副牧師主任を務めていたのだが、七月に上司の教区牧師は子供たちを連れて海辺に出かけ、八月には部下の副牧師レッグがチロルに行ってしまった。

この年の休暇について定まった計画は立てていなかったけれど、何とかなるだろうと楽観していた。たとえ友人たちの予定がすべてふさがっても、デヴォンシャーのおじの屋敷に十日間滞在する、あるいは、ボブの所有するおんぼろの古い帆船《ケッチ》で新鮮な空気を吸いながら二週間の質素な暮らしを送る――このいずれかの案を当てにできるとわかっていたからだ。だが、なぜかすっかり思惑が外れてしまった。相続税の心配をしはじめたおじは五十年来で初めて領地の狩猟権を他人に貸しだしてしまい、他方、ボブはデンマークまで遠征して浅瀬で船を座礁させていた。かくて、休暇をひとりで過ごすしか手がなくなったのである。結局、半日の準備だけで、十日間の徒歩旅行に出発した。復活祭にレッグとわたしで教区の少年たちをキャンプに連れていける、河か海の近くにある風雨をしのげる小屋を探し出すつもりだった。

出発したのは月曜である（エルドレッド聖堂参事会員がもし拙稿を読む機会があるならば、彼にはこの日付に注意を払ってもらいたい。日付はわたしの話で大きな役割を果たす）。レッグが鉄道の駅まで同道した。教区の仕事に関して幾つか彼と取り決めておくべき事柄があったからだ。十日間有効の往復切符を購入した。九月二十二日というスタンプが押されたが、先に述べたように二十二日は月曜だった。

その夜はダンズリーに泊まった。繁忙期は既に終わっていた。観光客はほとんど見あたらず、いっぽう、暴風雨で三日以上も足どめをくらったニシン漁の船団で港は満杯だった。古い街並の路地は漁師たちでごったがえしている。火曜日、リュックサックを背に負って、この町を出た。海岸の崖づたいに進んでいくつもりだったが、東風があまりに強いので、内陸部の荒野へと方向を転じた。丸一日、たっぷり三十五マイルは歩いて、夕暮れ頃に農夫の荷車に便乗させてもらった。農夫はチェズホームに行くところだったので、同地の〈浮家亭《ふか》〉で一泊した。修道院の跡が残る教会のすぐ近くだ。水曜日には長距離を歩く気がしなかったので、午前中にラップムーアまで行き、〈王冠亭〉で老ロビンソン氏に荷物を預けると共に、竿と漁具を借りて、午後はランズデイルの谷川で釣りをした。キャンプに絶好の場所を発見したけれど、近くに小屋や建物はない。農夫の姿を見かけたところ、教区委員を務める人物で、少年たちを連れてきた場合にはテントを設営する許可を与えてくれた。水曜の夜はラップムーア泊。木曜の夜はフランクストーン・エッジに宿をとり、レッグの大学時代の友人である教区牧師と夕食を共にした。金曜はゴートン泊。ゴートンの宿の女主人は、ラウンジで緑のオウムを籠に入れて飼っていた。驚くほど人に慣れており、普通はこういった鳥を好まないわたしなのだが、その夜はオウムに長い時間話しかけたのを憶えている。

　土曜の朝に出発した際には、長距離の踏破だけでなく、びしょ濡れになるかもしれない心積りをした。雨が降りだしていたわけではないけれど、海から内陸に押し寄せた霧がヒースの茂る荒野にかかっている。わたしは東を目指していたので、霧を正面から突破するほかない。道を辿って谷間の終わるところまで行き、樅《もみ》の植林地の端を通る悪路を進んで、石切場の跡を通りすぎてから荒野に入った。正午には既に台地の頂上にいた。泥炭《ピート》で作られた射撃練習用掩壁の陰でサンドイッチを食べながら、自分のいる正確な位置を地図で確かめようとした。そう簡単にはいかなかったが、大体のところはわかったので、今夜の宿を探せそうな最も近い村はどこだろうかと周囲に目をやった。火曜に泊まったチェズホームがいちばん行きやすそうだ。あそこの宿では朝夕食付きで妥当な額の倍も請求されたけれど、食事の質が高いだけでなく静かだった。土曜の夜に泊まるには考慮すべき重要な点だ。

　掩壁を離れたときには午後二時をまわっていた。道を探すのに手間どった。荒野には頼りにできる道標《みちしるべ》が皆無だった。眼前に平らな土地が広がる。起伏をなしているのは、北から南に平行に並ぶ、むきだしの頁岩《けつがん》の積み上がったズリ山（採掘の選別の後に廃棄された山となったもの）の群れだけで、これは大昔に鉄鉱石を採掘した跡だ。やがて徐々にズリ山の数は減ってきて、もうなくなるかと思いはじめたとき、他より大きなズリ山が霧の中から姿を現した。

誰でも、人生のどこかの時期で、危機が迫りくるという不思議な直感に襲われたことがあるだろう。その直感が強ければ、理にかなった動機ではなく盲目的な恐怖感に駆られて、行動方針を変える羽目になる。わたしは大きなズリ山にまっすぐ向かっていたが、不意に立ちどまった。その場所をなぜか避けたいという気になり、同時に、荒野で周囲幾マイルには自分以外に誰もいないという孤立感も覚えた。進むべきかどうか迷いながら、三十秒ほど動かずにいたが、恐怖は迫ってくるときに最も強く感じるのだと自分に言い聞かせ、おのれの愚行を笑うと、また歩みはじめた。

ズリ山の向こう側には男の死体があった。男は外国人で、肌は黒く、頭髪は脂ぎって長い。喉元には真紅のハンカチがゆるく結《ゆわ》えられている。耳にはイアリング。仰向けに横たわり、どんよりとした眼は大きく開いていた。

最初に感じたのは驚きや憐憫ではなく、強烈で圧倒的な嫌悪だった。やっとのことで気を鎮めて、死体をもっと詳しく調べてみた。死後数日経過しているのがすぐにわかった。手は白く冷たく、腕と足は奇妙なまでにぐにゃりとしている。衣服はぼろ同然だ。シャツは引き裂かれ、胸に刺青《いれずみ》されていたのは——ぞっとしながらも、その見事な手際には驚嘆せざるをえなかったが——翼を広げた大きな緑のオウムだった。

死因を示す痕跡はなかなか発見できなかったが、死体をひっくりかえしてみて、後頭部にひどい傷があるのにようやく気づいた。鈍器あるいは石で殴られたのかもしれない。できるだけ早く警察に知らせるほかない。ここから十マイル離れたチェズホームに駐在する巡査がいちばん近いだろう。同地へと霧の中を赴く最善のルートは、このまま東に歩き続けて、ブリーデイルの鉄鉱石採掘場から延びる鉱山鉄道に行きあたることだ。わたしはそうした。機関車の警笛が遠くに聞こえ、その五分後、地平線をのろのろと進む無蓋貨車の列が深い霧の切れ目を通して見えたときに経験した喜びの感情、自分以外の人間が生きた世界にいるという感情は、今後も長らく忘れないだろう。

線路沿いを進みだしてから歩みは早くなった。進む方角に注意しなくてよくなったので、わたしは恐ろしい死体についてさらに思いをめぐらせはじめた。男はいったい何者で、なぜ殺されたのだろう？　彼はこの寒く荒涼とした土地と共通点をもっていないように見えた。さしずめ、影ひとつなく、ぎらぎらと陽を照り返す砂嘴《さし》に、空《から》の宝箱と共に置き去りにされた水夫のような外見――カリブ海に海賊が出没した時代なら、発見しても驚かないだろうが。さらに、男が殺されたというなら、下手人はどうして自分の犯した罪の痕跡を隠そうとしなかったのか？　ズリ山から頁岩を運んできて死体を覆うほど容易なことはなかろう。「わたしにだって五分とかかるまい」とわたしは呟《つぶや》いた――「スコップさえあれば」。だが、いわば読める見込みのない物語に、こんな解釈をしてもどうなるわけでもなかった。鉱山鉄道が道路と交差する地点でわたしは線路を離れ、道路を進んで尾根を下りチェズホームへと向かった。同地まであと一、二マイルというところまで来たとき、鐘の鳴る音が午後の遅い時間の静寂を不意に破った。

かつてボブの帆船で海霧に襲われたのを憶えている。潮流の勢いは強く、ボブがこれまで来たことのない沿岸を船は走っていた。「大丈夫だ。何とかなる！」と彼はいったが、その言葉の終わらぬうちに、打鐘《ベル》ブイ（鐘の音で、浅瀬や暗礁の存在を船に知らせる）が荒々しく狂ったように鳴る音が聞こえた。ボブの顔に浮かんだ愕然とした表情はしばらく記憶から消えなかった。「何かのまちがいだ」とボブは続けたが、いかにも彼らしい辻褄の合わない言葉だった――「ブイがあそこに浮かんでいる道理《わけ》がないからな」。

そして、今から二年前の九月のこの夕べに、わたしもまさに同じように感じたのだ。教会の鐘が鳴る道理がない。チェズホームのような小さな村では土曜日に晩禱はおこなわれないだろう。また、葬儀にしては遅すぎる時刻だ。でも、まさに教会の鐘の音だった。村の通りを進んでいって、わたしは店舗の窓が閉ざされているのに気づいた。日曜用の黒服に身を包んだ男たちが緑地をぶらついている。

駐在所――というか、巡査の住む家――は簡単に見つかった。ただし、彼の妻の話では、今は不在で明日の朝戻ってくるという。警察や役所に知らせる他の手段はないようだから、当面、わたしは死体の件を自分だけの秘密にしておくほかなかった。〈浮家亭〉の扉は閉まっており、二度ノックしてようやく女主人が現れた。わたしが誰か彼女はすぐにわかった。「ええ」と彼女はいった。「もちろん、お泊めできますわ。この前と同じ部屋を使っていただけます――階段を上がって右手の三号室。女中が外出しているので、申し訳ありませんが、冷たい食事しか出せません」

十分後にわたしはラウンジの気持のよい暖炉の前に立っており、シャフトー夫人がテーブルクロスを広げながら、今週の噂話を聞かせてくれた――「泊まり客はほとんどありません。もう秋ですからね。でも二週間後には全室埋まるでしょう。スティールバラのサマセット様御一行が、もう一度狩猟のために戻ってこられますので」。「春と夏しかお客さまが来られないというのは残念です」と彼女は続けた。「ここみたいな村はとても貧しいので、観光客が来ると来ないでは大違いなんです。寂しすぎる土地だと思われているでしょうが、とんでもない。荒野には危険なんてありません。一日中誰とも会わずに歩くこともできますし、そもそも悪さをする人間などいません。さあ、夕食の準備ができました。御用があれば、ベルを鳴らしてください」

「ところで――」と、腰を下ろしながら、わたしはたずねた。「どうして今夜はこんなに静かなんです？　土曜の夜は宿屋には一番のかきいれどきだと思っていましたが」

「ええ、その通りですよ」とシャフトー夫人は答えた。「でも、日曜は暇です。日曜にお酒を出す免許をもらっていませんので。あら、子供たちが呼んでいるようですわ。今夜は女中が教会に行っているもので、わたしひとりでやっていますから」

彼女は出ていったが、自分の言葉がわたしに与えた影響にはまったく気づいていなかった。「日曜だって！」とわたしは思った。「いったい彼女はどういうつもりだろう？　勘違いしているにちがいない！」だが、わたしの目の前には日めくりがあった――二十八日〈日曜〉と記されている。晩禱を知らせる教会の鐘の音を聞いてから一時間も経っていない。街路をぶらついているのをわたしが目撃した男たちは、単に日曜の夕べをのんびり過ごす人々なのだ。昨週のどこかで、わたしは丸一日を失ってしまったにちがいない。

しかし、どこで？　懐中用の日記帳を取り出してみた。どの日の欄にも短いメモが書き込んである。「まず――」とわたしはひとりごちた。「最初の日から確かめてみよう」二十二日の月曜に休暇を開始したことには確信があった。のみならず、帰りの鉄道切符にもその日付がスタンプされている。月曜はダンズリー泊。火曜はチェズホームでこの同じ宿に泊まった。水曜はラップムーア、木曜はフランクストーン・エッジに宿をとり、金曜はゴートン泊。こうして振り返ってみると、どの日にも空白はないように思える。どの日についての記憶もはっきりしていた。だが、どこかに、わたしが何も知らない二十四時間の空白が存在しているのだ。

わたしはたしかに忘れっぽい性質《たち》だ。滑稽なまでにぼんやりしていると友人たちはいうかもしれないし、実際、この性格のために一度ならず困った状況に追いやられたこともある。だが、今回の件は根本的に異なる。わずかなりとも説明がつかないかと、記憶をあれこれ探ってみたが無駄だった。見分けのつかない漠然とした日々の連続ではなく、非常に秩序だって進行する、明瞭きわまりない日々として、この一週間は蘇ってきた。だが、本当に今日は日曜日なのか？　すべては村の連中の悪ふざけ、何かばかげた賭けの成り行きとして説明がつくのではあるまいか？　もっとましな説明が見つからない以上、この仮説を検証してみる価値はあるだろう。食事を終えたふりをして、帽子をラックから取りあげると、急いで宿を出た。教会の方向に歩みを進めたが、近づくにつれて心は沈んだ。教会の庭の門あたりで六人ばかりの若者がぶらぶらしているのを通り過ごしたが、彼らは、一緒に家路につくために、恋人たちが出てくるのを待っているのだ。「わびしい日曜だったたな」とわたしが呟くと、若者のひとりが同意の徴《しるし》に煙草に火を点《つ》ける手をとめた。わたしは教会の入口に立って耳を傾けた。中ではケン主教（英国の聖職者トマス・ケン［1637-1711］）の作った夕べの賛美歌が歌われている。その後で、牧師が夜道は危険だから気をつけるようにと甲高い声で話すのが聞こえた。

ほとんど耐えがたいまでに陰鬱な気分で、わたしは宿屋に戻ると、誰もいないラウンジに入った。

「結局のところ――」と、わたしはひとりごちた。「打つ手は何もない。記憶を失った人間はこれまでにもいる。こんなに早く気づいたことに、そして、何も害はなかったことに感謝すべきだろう。ともかく、あれこれ考えてみても仕方ない」だが、そう決めたにもかかわらず、心は千々に乱れた。知らずしらずのうちに、思いはいつしか今回の件に繰り返し立ち戻ってしまう。不意に生じた過去の空白と、そこから生まれるさまざまな可能性に呪縛されてしまう。わたしはどこにいたのか？　いったい何をしたのか？

地元の病院のための何の変哲もない募金箱が暖炉の上に置かれているのがふと目にとまったせいで、難問を解決する新たな糸口が頭に浮かんだのだと思う。金の出し入れは几帳面に記録する習慣で、毎日の出費を日記帳ではなく懐中用の出納《すいとう》帳に書きとめている。こちらを調べてみれば解明できるかもしれない。出納帳を取りだし、急いで頁を繰ってみた。最初は何も見つからなかった。日記帳と同じ村と旅館の名前が並ぶだけだ。しかし、もう一回目を通してみると、新たな発見があった。朝夕食込みの宿泊代金はどの宿でもほぼ同じだったけれど、唯一の例外がチェズホームの〈浮家亭〉で、この宿の勘定書は妥当な額の倍に思える。記憶しているかぎりでは、ここには火曜に一泊しただけのはずだが、水曜も続けて泊まったのかもしれない。

ベルを鳴らして女主人を呼び、明日の朝食のメニューを注文した。シャフトー夫人が出ていきかけたときに、わたしは「前に泊めていただいたのは、いつでしたかね?」とたずねた。

「火曜と水曜です」と彼女は答えた。「木曜の朝にラップムーアに向けて出発されました。それでは、おやすみなさい。明朝は七時半に声をおかけします」

わたしの想像はやはり当たっていたのだ。チェズホームで丸一日が失われたのだ。シャフトー夫人が出ていくやいなや、彼女にもっと質問をしておけばよかったと後悔した。わたしがいったい何をしたかの手がかりを教えてくれたかもしれない。だが、そんな質問がどうしてできようか——こちらの頭がおかしいという疑いをかけられないように、漠然と訊《き》くくらいが関の山だろう。彼女の態度から察するに、これまでのところ、わたしがまともな振舞をしているのは明らかだ。一日中歩きまわった後で、夜に宿へと戻ったときには疲労困憊だったというのは大いにありうるだろう。今日の午後に荒野で発見した死体をもたらした惨劇に較べれば些事にすぎないのに、どうして思い悩む必要があるのか？

とはいえ、ラウンジの暖炉の傍でこうして座っていても心が安らがないのはたしかだ。時刻は既に九時半をすぎていた。棚から燭台を取り出すと、わたしは二階の部屋へと寝にいった。

わたしの部屋は田舎の宿屋の部屋として特に変わった点はなかった。ただ、隅に吊り書棚があって、六冊の本が並んでいる。ミクルジョン博士の『降臨節の説教』、『ガリヴァー旅行記』、『ヨークシャーの逸話』、『海辺の家』――さらに雑誌の合本が二巻、ひとつは少年向けの『ボーイズ・オウン・ペーパー』、もうひとつはアメリカの雑誌だった。後者を手にとって頁を繰ってみると、活字は読みやすく、掲載されている物語には網版で印刷した巧みな版画の挿絵がついている。ベッドにもぐりこんで、脇にある椅子に燭台を置くと、わたしはそれを読みはじめた。物語の主人公はニューイングランドの町のメソジスト派の若い牧師で、彼の愛する娘は既に船乗りと結婚の約束を交わしている。トルコのスミルナからボルティモアを目指してきた帆船が座礁して、この水夫は浜に打ちあげられたのだ。娘が外国人を愛していることに逆上した牧師は、逢引きの手紙を捏造して、恋敵の水夫と砂丘で対決、相手の心臓を銃で撃ち抜く。凡庸な物語だった。最後まで読んでも、心は動かされなかった。だが、最後の頁をめくると、一頁大の挿絵が掲げられており、それには目を奪われた。

挿絵には砂丘の場面が描かれている――黒い服を着た牧師が、ちょうど荒野でのわたしのように、シリア人の水夫の死体を凝然と見下ろす姿。挿絵の下には物語の本文から引いた以下の言葉が印刷されていた。

この光景を記憶から抹消できるならば、彼はどんなものでも犠牲にしただろうに。

この日の午後まで、わたしの人生は平凡きわまりなく、仕事にまつわる平凡な喜びと気苦労を覚えて過ごし、日々の平凡な雑事に支配されてきた。ところが、わずか数時間のうちに、感情に大きな衝撃を及ぼすふたつの体験をしたのだ――荒野で不意に死体を発見しただけでなく、不可解な記憶喪失にも気づいた。片方だけでも心が乱されるには十分だったが、しかし、両者に関連があるとは少なくとも考えていなかった。だが、この物語をたまたま読んだために、自分の考えはまちがいかもしれないと悟った。いわば一本の源流が二本の河に分かれる地点にわたしは立っていた。二本の河はふたつの異なった海に流れ込むとばかり思いこんでいた。しかし、視界が晴れると、二本の河はふたたび合流して抗《あらが》いがたい力をそなえる一本の激流と化し、最終的にはわたしを呑みこむだろうと悟ったのだ。

　すべてはありえないように思えた。けれども、ありえないことが真実であり、この不気味な災難において自分は媒介、つまり、意図せずして「道具」の役を務めているのだと感じられて、気分が悪くなった。

　ベッドで横になっていても無駄だった。起き上がると、わたしは部屋の中を歩きまわった。この恐ろしい感覚を、どこにも抜け穴のないように入念に築いた推論の高い壁の背後に閉じ込めようと繰り返し試みたが、いくらがんばっても虚しかった。自分自身への怯《おび》え、自分がおこなったかもしれない行為への恐怖に襲われて、ただただ圧倒されるばかりだった。なすべきことはひとつしか考えつかなかった。すなわち、すべてを警察に報告して、水曜日の自分の行動は説明できないと話し、徹底的な捜査をしてほしいと伝えるのだ。「どんなことでも――」と、わたしは自分に言い聞かせた。「この耐えがたい不安よりはましだ」

　けれども、実行に移すにはあまりに大事《おおごと》のように思えた。仮にあの男の死にわたしが無関係で、しかし、彼と最後にいるところを目撃されていたら、他人の犯した罪で罰せられる危険を冒《おか》してしまう。自分の現在の地位や将来の経歴を考えねばならない。ついには疲れ果てて頭がぼんやりとしてきたので、ふたたびベッドに戻って、眠りが訪れるのを待つことにした。明日になったら今日の午後の道程を逆に辿ってみようとかたく心に決めて、わたしは身を横たえた。あの惨事について新たな手がかりが何か見つかるかもしれない。すべては興奮した頭脳の産んだ空想にすぎないとわかるかもしれない。

意識の領域がゆっくりと狭まっていくのを感じた。周囲から暖かく柔らかな靄《もや》に包みこまれる。教会の鐘が時を告げるのが聞こえたけれど、疲れのあまり、何回鳴ったかを数えられない。鐘は繰り返し鳴っているようだったが、ひとつの音ごとに微《かす》かになっていき、わたしは眠りにおちた。

目を覚ますと九時だった。陽の光が窓から射しこんでいる。ブラインドを上げると、雲ひとつない青空が見えた。眠ったおかげで希望が蘇ってきた。気分によっては、予期せぬ偶然の及ぼす力ほど強いものはない。昨晩は病的に過敏な精神状態にあったのだと、わたしは自分に言いきかせた。明るい陽光の中で、大きな不安を惹き起こした原因である雑誌の合本を手にとってみた。実のところ、メソジスト派の牧師と船乗りの話は他愛のないものだった。おまけに、最後の頁をめくっても、あの挿絵など見あたらない。明らかに、すべてが自分の想像だったのだ。

「今日もいいお天気ですね！」と、朝食を運んできたシャフトー夫人が声をかけた。「今日も歩きにお出かけに？　よろしければ、お弁当にサンドイッチを作ってさしあげますよ」それはいい考えに思えた。夕方の四時か五時になるまでは戻らないと夫人に告げて、わたしは十一時すぎに出発した。

最初の数マイルは、昨日の道程を逆に進むので容易だった。しかし、鉱山鉄道の線路を越えると、頼りになる道標は皆無だ。一度ならず、どうして歩み続けるのかと自問したが、満足のいく答えは得られなかった。今にして思うと、わたしを衝《つ》き動かしたのは確たる事実と向き合いたいという願望だったにちがいない。昨夜のような抑制のきかない空想に振り回されるのはもうたくさんで、いかに微かなものであれ、謎を解く手がかりを発見したかった。

いつしか、鉄鉱石採掘場の跡に辿りついていた。ズリ山が城壁のように列をなしている。いちばん手前にぽつりと離れて立つズリ山があり、その脇に死体があったのだ。わたしはゆっくりと近づいた。陽光の下《もと》では、ズリ山は日曜に霧の中で見たときよりも小さく思える。何が見つかるのだろうか？　不安で心臓をどきどきさせながら、頁岩の斜面をよじ登った。ズリ山の頂上に立ち、周囲を見まわす。何もなかった。ヒースの茂る荒野と空が延々と広がるだけだ。

場所をまちがえたのだと最初は考えた。足跡が残ってはいないかと、地面に目を凝らしてみると、すぐに見つかった。わたしの履く鋲付きブーツと完全に一致している。同じ場所なのは明らかだ。

では、いったい何が起きたのか？　唯一可能な解釈といえば――すべてはわたしの空想だったのだ。

奇妙に聞こえるかもしれないが、この解釈をわたしは喜んで受けいれた。というのも、何より恐れていたのは、知らないうちに自分は狂乱状態に陥って殺人を犯したのではないかというおぞましい考えを裏書きする容赦ない現実であったからだ。感謝の念に駆られて、わたしはヒースの上に跪《ひざまず》き、昨夜の恐怖から救ってもらったことに対して、青空と陽光を創造された神を讃えた。

心に平穏を取り戻せたので、宿の方角へと荒野に戻った。明日で休暇は打ち切りにして、神経の専門家に診《み》てもらおう、必要とあらば一、二ヶ月外国に行こうと、わたしは決めていた。その夜は〈浮家亭〉でおしゃべりな老紳士と夕食を共にした。彼のおかげでわたしは自分のことをあれこれ考えなくてすんだので、これなら安眠できると確信して早めに床についた。

だが、わたしの物語はこれで終わりではない。終わってくれればよかったのだが。けれども、エルドレッド聖堂参事会員が昨日の説教で語ったように、物事をありのままに受けいれるのがわたしたちの務めであり、日々の仕事に与えられている限られた量の精力を虚しい後悔や不健全な希望で浪費してはならない。

翌朝、ラウンジで朝食の席についていると、バーにいる男が朝刊を見せてくれとシャフトー夫人に頼んでいるのが耳に入った。「今日の朝刊はラウンジの紳士が読んでいらっしゃる最中だけれど、火曜日の朝刊なら台所にありますわ」と夫人は男に答えた。

「火曜日の朝刊？」とわたしは呟いた。「月曜の言いまちがいだろう。今日は火曜だ」わたしは暖炉の上の日めくりに目をやった。水曜日になっている。新聞に視線を移すと、すべての頁に「十月一日　水曜日」と印刷されている。なかば茫然として、わたしはバーに入った。シャフトー夫人は何かあったと気づいたにちがいない。というのも、わたしが口を開く前に、彼女はブランデーの入ったグラスを差し出したからだ。

「記憶が消えている」とわたしはいった。「体調があまり良くないようです。昨日の行動が何も思い出せない」

「おやまあ！」と彼女は応じた。「昨日は一日中荒野に出かけておられましたわ。お弁当用にサンドイッチを作りました。夜は、今朝発《た》たれた老紳士に自由貿易と保護貿易の話をされていました」

「では、月曜には何をしていました？　今聞かされたのが、月曜のことだと思っていた」

「えっ！　月曜！」とシャフトー夫人はいった。「やはり、一日中荒野に。わたしがスコップをお貸ししたのを憶えておられません？　何か埋めたいものがあるとかで。緑のオウムだとおっしゃったように思います。とても奇妙に感じたので記憶に残っていますわ。お戻りになったのは夜遅くで、先週にお泊まりのときと同じように、疲労困憊のご様子でした。歩きすぎが祟《たた》っておられるのでは」

　わたしは会計をするように頼み、彼女が勘定書を作っている間に、二階の部屋に戻った。書棚から雑誌の合本を取り出すと、メソジスト派の牧師の物語を探した。末尾の挿絵はたしかに存在しなかったが、念入りに改めてみると、一頁分が脱落しているのがわかった。何らかの理由で注意深く切り取られたのだ。挿絵一覧も調べた。わたしにとても奇怪な影響を与えた言葉を付した挿絵は、消えた頁に掲載されていたにちがいないと判明した。

　わたしはいちばん近い駅まで歩いて、スティールバラ行きの列車に乗った。同地の警察で事情を話したが、相手の警部は明らかに信じていなかった。しかし、一、二日するうちに、警察によって発見がなされた。胸に入念で独特な刺青を施した、身元不詳の外国人船員の死体が、わたしの話した通りの場所で見つかったのだ。当初、この事件とわたしを結びつけるものは何もなかった。だが、猟場の番人が警察に連絡してきて、二十四日の水曜日に荒野を歩くふたりの男を目撃、片方は牧師、もう片方は浮浪者のようだったと証言した。番人は声をかけたが、ふたりは立ちどまらなかったという。わたしは裁判にかけられた。精神鑑定を受けたのはいうまでもなく、だからこそ、わたしは今ここにいるのだ。よろしいか、エルドレッド聖堂参事会員よ、世界はあなたが思うより少しばかり複雑である。快活である必要性についてはあなたに同意するけれど、あなたの説くものよりもっと良い理由がわたしには必要なのだ。以下にその理由を挙げよう。哀れな狂人の理由かもしれないが、だからといって、ましな理由ではないということにはならない。

わたしの考えでは、上位から下位までのさまざまな霊的存在を通して、神は世界を統《す》べる。たとえば、ちびのチャーリー・ラヴェルは、昨夜、浴室から出てきたときに、大天使ガブリエルを見たといっているが、おそらく本当だろう。さまざまな霊的存在――偉大さと聡明さにおいて格差がある――が世界を支配し、それぞれの存在には決まった仕事が与えられている。わたしにはわからない何らかの理由で、あの水夫の魂が救われるためには、ある特定のかたちで死ぬ必要が、つまり、死の間際に突然の恐怖に襲われて魂を清められる必要があったのだと思う。もちろん確言はできない。わたしは単なる「道具」にすぎなかったからだ。偉大で強力な――だが、全能ではない――霊は水夫についての自分の仕事を果たし、職人が道具を愛《め》でるような思いで、わたしのことを考えたのだ。こちらが自分のやったことを憶えている必要はなかった。神はわたしを霊に貸し与えたのだ――ゴグをサタンに貸し与えたように（『エゼキエル書』三八章八－一三節、『ヨハネの黙示録』二〇章六－一〇節などを参照）。わたしの仕事が終わると、この霊は、憐憫の情から、わたしの行為についての記憶をすべてわたしから消し去った。しかし、先に述べたように、この霊は全能ではない。わたしを道具に用いて霊がおこなった仕事をもう一度見てみたいという、自分の内部に潜む獣性から発する願望のために、無意識の裡《うち》にわたしは荒野の頁岩のズリ山へと導かれたのだと思う。とはいえ、そこに近づいてはならないという衝動をぎりぎりの間際に感じたのだが。ズリ山に赴き、なおかつ、雑誌のつまらない物語を偶然に読んだがゆえに、わたしは自分の身を滅した。ふたたび記憶を失ったとき、つまり、殺人現場を再訪するのに先立ち、自分の外部にある何らかの力に乗っ取られて痕跡を隠したときに、一連の出来事の結末は他人の手に委ねられてしまったのだ。

あの水夫はいったい誰で、どんな人生を送ってきたのだろうと、思わず考えていることがある。

だが、知る人はいない。

セアラ・ベネットの憑依

Sarah Bennet's Possession

男は罅《ひび》の入った古い鏡を覗きこんだ
最後に磨いたのは大昔のこと
自分の罪過《あやまち》の性質に気づき
断じて改めようと誓った
屋敷から酒盛りの痕《あと》を洗い流し
夜には窓の鎧戸を下ろした
蠟燭の灯《ひ》の投げかける影の中に
高笑いする悪魔の姿はもはや見えない！

長く暗い夜がすぎ、恐怖は次第に和らぎ
眼を閉じたので何も見えなかった

惨めな懼《おそ》れに駆られて跪《ひざまず》き
木の十字架に釘づけされた基督《キリスト》像に祈った
自分は酒《ワイン》も乱痴気騒ぎも断ったというのに――
あれは鼠の齧《かじ》る音なのか？
それとも、ふたたび屋敷に闖入《ちんにゅう》する
悪魔たちの高笑いなのか？

往時の女や酒を思い浮かべて
七人の悪魔たちが笑いこける
天国と地獄を分かつ淵は今なお定めおかれ
黄金の神殿の中に耳を傾ける者はいないからだ
自分はなだらかな平原を永遠《とわ》に歩みたいのに――
誰かが窓硝子《ガラス》を叩いた
彼が跪いているところに、高笑いする七人の悪魔がやってきて
自分たちの獲物をふたたび手にした

バークシャーにある鯨の背のような輪郭をした大きな丘の上に、ライジンガム農場は建っている。かつては赤かった瓦葺きの屋根は今や風雨と苔《こけ》で落ち着いた色合いになっており、羊が食《は》んで短くなった牧草地の穏やかな茶色や灰色と昔からずっと調和していたかのように見える。

ローマ街道（古代ローマ人がブリテン島に築いた道路）沿いに半マイルほど行くとライジンガム城砦の遺跡があり、農場の名前はそれに由来する。正方形の土地は堀と塁壁に囲まれ、およそ五十マイルにわたる丘と谷、田畑と牧草地が見渡せる。

そもそも、フランク・ダイシィの家ということで、わたしはこの農場を知るにいたった。彼は一週間か二週間の休暇をもらうとここにやってきて過ごし、それからまた船に乗って世界の反対側へと向かうのだった。そして、ほんの二年前に彼は農場にいる三人の王女のいちばん年下を妻に迎えた。

三人の王女というのは、彼の従姉妹《いとこ》のことである。彼女たちを命名したのはフランクで、グリム童話集が最後の教科書と一緒に納屋の奥の物置部屋にしまいこまれるより前のことだった。妖精国《フェアリー・ランド》の不文律にしたがって、彼女たちは年齢順に「悪い《ウィッキド》」、「醜い《アグリー》」、「美しい《ビューティフル》」と呼ばれた。

フランクと同じように、彼女たちも孤児だった。物心のつく前に両親が亡くなり、大おばにあたるミセス・ベネット（クエーカー教徒の質朴な流儀で、彼女自身はセアラ・ベネットと名乗っただろう）の手によって農場へ連れてこられたのである。そして、以降ずっと、三人の姪と一人の甥にとって、彼女は苦境を救ってくれた親切な妖精《フェアリー・ゴッドマザー》だった。

彼女については、最初に出会ったときの姿をいちばんよく記憶している。ライラック色の古風で優美な絹の服をまとい、大きなクエーカー帽《ボンネット》が紫の光輪のように顔を包んでいた。血管がくっきりと浮き出た繊細な手は驚くほど脆《もろ》そうだった。しかし、彼女は予想もできないような強さ、尽きぬ精力をそなえた女性だった。その明瞭で冴《さ》えた声は、信徒集会で話す際には妙《たえ》なる高音へと変わった。

往古の聖人たちと霊的に交わる聖女ともいうべきこの女性が、五年間にわたって起こった一連の異常な出来事と密接に関わっていた。というか、実際にはその源であって、しかも、五年どころかもっと長期に及んでいた可能性が高い。これらの出来事はそれ自体は脈絡を欠き、取るに足らない些細なものと思えるかもしれない。だが、まとめて眺めてみると、ひとつの悲劇をなしていた。

＊　＊　＊

九月下旬のある夜のことだった。仲秋の満月が丘陵の背後にまだ昇っていなかったから真っ暗で、大気にはトウモロコシ畑の匂いがほのかに漂っている。その日の午後、わたしはサウサンプトン（イングランド南部の大きな港町）でフランク・ダイシィと落ち会い、夜の九時には、そこを越えればライジンガム農場という丘をふたりして登っているところだった。

わたしたちは丘の尾根でいったん足をとめた。そのまま立っていると、丘陵地帯に存在する素晴らしい静謐をなにがしか感じとることができた。山間や平野にいるのに比べて、空はより広々と、大地はより遠くにあるように思える。

目をやると、わたしたちの右手方向、半マイルほど離れた溜め池のそばでランタンが閃《ひらめ》くのが見えた。

子供の頃、フランクはいちばん年下の王女と一緒にひと夏のお小遣いを貯めて信号用ランタンを買い、秋になると丘陵を夜な夜な歩き回って、まちがいだらけのモールス信号を閃かせていた。

「彼女はきみに何か伝えたいことがあるんだろう」とわたしはいった。「ぼくのことは気にしなくていい。モールス信号なんて分からないから」

「一字ずつ口に出して言うから――」と彼は答えた。「書き取ってくれ」

予期せぬメッセージだったのは確かだ。解読不能な箇所もあったけれど、ともかく、フランクに読みとれたのは以下のようなものだった。ただし、冒頭に連発された罵り言葉は省略してある。

「〈こちら……交信しようとしているのだ。いったい全体、どうして応答しない？ わたしが伝えたいのは——〉」

ランタンの放つ光点は動くのを既にやめていた。そのまま一分ほどじっととどまってから、消えうせた。

わたしは物問いたげな視線でフランクを眺めた。

「何かの冗談だろう」とわたしはいってみた。

「そうだと思う」と彼は応じた。彼の気に入らない種類の冗談なのは明白だった。農場で迎えられ食事を終えたときになって、彼はようやくランタンの件を思い出した。

「一時間前に溜め池のそばで信号を送っていたのは、誰なんだい？」と彼は訊ねた。

「誰も信号など送っていないわ」、「みんな台所で忙しくしていた」、「ただし、セアラおばさんだけは、放牧場の門が閉まっているか確認するためにランタンを持って出かけた」というのが答えだった。

「じゃあ、きっとおれの勘違いだな」とフランクはいった。

だが、女たちが部屋を出ていくと、「勘違いのわけがあるものか！」と彼はつけたした。

＊　＊　＊

翌年の九月にもわたしはライジンガム農場にいた。日曜日だったので、全員が信徒集会に出かけてしまい、ひとり残ったわたしはパイプを燻《くゆ》らすという贅沢に耽《ふけ》ることができた。ちなみに、ベネット夫人はわたしが非喫煙者と信じていたのではないかと思う（クエーカー教徒は喫煙、飲酒を避ける）。わたしは、寝転がっていた険しい丘の斜面から、全員が集会所を出てくるところを眺めた。夫人が先頭に立ち、その脇に控えるのが「悪い」王女と「醜い」王女、しんがりにフランクと「美しい」王女という順番だった。

フランクの話では、静かな集まりだったという。おばさん以外の誰も口を開かなかった（クエーカーの集会では、神の言葉を感じた者だけが立ち上がって話を始める）。彼女は天国について語り、おおまかな描写すらおこなったが、それから推し測ると、天国とは、フランクの友人でロンドンのボンド・ストリートで宝石商を営む人物にどうやらふさわしい場所のようだった。というのも、この友人はおばさんの描写に似たような家を建てたからだ。

夕べの集会に一緒に参加してもいいかと、わたしは許可を求めた。

「おばさんは概して第二ラウンドでどかんと最高得点を稼ぐからな」と茶化したフランクは、皆から軽薄だとたしなめられた。

クエーカーの集会ほど印象的なものはないということがままある。この日曜日の夕べがまさにそうだった。

ランプは点《とも》されていない――必要ないからだ。完全な沈黙が支配していた。暖かい日だったので、ときおり、一匹のコウモリが開いたドアの内外《うちそと》を飛びまわる。

セアラ・ベネットは集会責任者席にひとりで座っていた。オーク材の黒い羽目板を背にしているので、彼女のボンネットの輪郭はほとんど見えない。

こうして半時間が経過し、フランクが鉛筆と紙を取り出して最年少の従姉妹の横顔をスケッチしだそうとしたとき、夫人は口を開いた。

彼女は福音書の以下の恐ろしい一節を話題として選んだ――「のみならず、わたしたちとあなたがたの間には大きな淵が定めおかれていて、こちらからあなたがたのところへ往《い》くことも、そちらからわたしたちのところへ渡ってくることもできない」（『ルカ伝』一六章二六節）。

わたしたちに向かって、彼女は英国の空の下にある戦場ではなく熱帯の太陽に灼《や》かれて焦げつく戦場を描写した。負傷者の苦悶、かれらの癒されない喉の渇き、勝利した者にそなわる獣性の曝露《ばくろ》、そして、敗者の恐怖をまざまざと描きだした。殺戮を眼下にして、天国の蒼穹《そら》では、その間ずっと、鳥たちがすべてを忘れて歌っていると彼女は語った。

これらを描きだしてから、彼女は地獄、そのおぞましい実態について語ったので、わたしはついにはぞっとした。

しかし、話の冒頭から結末にいたるまで、彼女の声は甘美で単調なソプラノの詠唱のままだった。上体を曲げて青い静脈の浮き出た手でしっかりとつかんでいる柵から眼を上げることもなかった。

集会所を出たときには、丸く赤い月が木立《こだち》の上に姿を現そうとしていた。家が見えるまで、フランクもわたしも黙ったままだった。ようやく口を開いた彼は、こういった――「昔、友だちと炭鉱事故の話をしたのを思い出したよ。眼鏡をかけた平凡な男で、吃音気味だったけれど、話はうまかった。その後で、わたしは『おまえの想像力は病的だよ』と彼にいってやった。『いや、そんなことあるもんか』と彼は答えた。『おれは坑道に四日間閉じ込められたことがある。見たままを語っているのさ』セアラおばさんの話を聞いて思ったのは、まさにそれだ」。しばらく口を閉ざした後で、彼はこうつけくわえた。「奇妙なもんだな。普通に考えたら、天国の描写こそおばさんの話の聞きどころのはずなのに」

＊　＊　＊

屋外は闇夜で風が吹いている。大きな暖炉のある小さな部屋が普段よりずっと心地よく感じられる夜だった。

ブラインドは引かれていなかった。たいがいのご婦人がたとは違って、セアラ・ベネットは月桂樹の枝が窓ガラスに当たる影を目にするのを気にしなかったからだ。そのおかげで、田舎の連中はいっそう彼女に好意をもった。窓辺のテーブルに置かれたランプの灯《あか》りは旅人にとって絶好の目印となっており、これがなければ丘陵地帯の尾根でひとり行き暮れたとの思いに駆られるだろう。

わたしたちは暖炉の周囲に座って、談笑していた。フランクといちばん年下の王女は部屋の隅、影がいちばん長く伸びるあたりに陣取り、わたしはといえば、灰色の柔らかな羊毛の桛《かせ》を手にもって、夫人が巻き取る助けをしていた。

ゲームをしようと提案したのは、本を読みおえた「悪い」長姉だった。どんなゲームだったか忘れたけれど、フランクが勝たなかったのは憶えている。彼は「美しい」王女の絵を描くのに忙しかったのだと思う。彼女はその似顔絵を褒めなかったけれど、彼の絵が上手なのはたしかだった。

「わたしなら、眼を閉じていたって、もっとうまく描けるわ」と彼女はいった。

「よろしい――」と彼は応じた。「見ないままで誰がいちばん上手な似顔絵を描けるのか、試してみよう」

「ランプを消してちょうだい」とマーガレットがいった。「そうしたら始めましょう」

暖炉のゆらめく光は一時《いっとき》弱くなっていた。大きな薪《まき》の下に隠れて丸まっている炎は、自分たちが盛大に燃え上がれる拠点の確保に熱心で、ときおり不意にぱっと閃くのがせいぜいだった。

ベネット夫人はわたしたちとはやや違う向きに置かれた背の高い椅子に座って、窓外の庭をじっと見ている。鉛筆と紙は膝の上にあったが、両手を組み合わせたままだった。

「この部屋にいる人の似顔絵なのね？」と最年少の王女が訊ねた。「そうなるとフランクは除外ね。だって、彼は『取るに足りない人《ノーバディ》』だから。もう少し灯りがあればいいんだけれど」

三分間ほど誰も口を開かなかった。

「時間終了！」とフランクが声をあげた。

「ランプを点して、結果を見てみよう。さあ、紙をこちらに。誰を描いたのか当てっこするんだ」夫人の紙を手にすると、彼はこうつけくわえた――「おばさんも描いたんですね。居眠りしていたと思ってました」。

最初に披露されたのはフランクの絵だった。ガチョウ（愚かな女の意あり）のとても溌剌としたスケッチである。「いいかい――」と彼は説明した。「『取るに足りない人』呼ばわりなんてされたら、仕返しをしても当然だろ」

他の絵が続いた。どれもカリカチュアとしてはおもしろかったが、ほとんどは誰を描いたのかわからない。

不意にフランクがぎょっとした声をあげた。

「これはいったい誰を描いたんだい？」

彼がかざしているのはベネット夫人の膝から回収した紙だった。そこに描かれたのは半世紀ほど前の軍服を着た青年で、その種のスケッチとしてはとても巧みなものだった。青年は嘆願する姿勢で跪き両手を握りしめている。顔は粗野で醜く、憐れみを乞う表情だった。白黒の絵ではない。青年の外套の脇腹あたりがクレヨンで赤く塗られており、彼が跪く地面にも赤い血だまりがあった。

フランクは困惑したようだった。「こんなに絵が上手だなんて思ってもみなかったよ、おばさん。でも、この部屋にいる人物を描く決まりだったのに」

ベネット夫人は相変わらず屋外の闇をじっと見つめている。

「ところで、おまえたちは――」と彼女はいった。「何の遊びをしていたの？　フランシス（フランクはフランシスの愛称）、おまえが手にしているのは何だい？　ランプをもっと近づけておくれ」

わたしたちは立ち上がると、耐えられないような気持で彼女を凝視した。彼女は眼鏡をかけて、その絵を手にとったが、不意に顔面蒼白となって叫び声を洩《も》らした。

彼女はわたしたちが聞いたことのないような低い声で「ヘンリー！」といい、さらにもう一度「ヘンリー！」と繰り返した。身を震わせながら立ち上がった夫人は暖炉に向かって歩を進め、紙を火中に投じた。

それから、彼女は振り返った。

「フランシス――」と彼女はいった。「今後二度とあの男の絵を描いてはいけませんよ」

＊　　＊　　＊

一年後、あの小さな居間にわたしたちはふたたび座っていた。三姉妹は唄を歌い、彼女たちと入れかわりに、次はフランクがピアノに向かう。いかにも水夫らしい自信たっぷりな様子で腰を下ろすと、彼は弾きはじめた。曲の名前は忘れたと彼はいったけれど、何かのオペラの曲だとわたしには分かったように思う。

ベネット夫人はフランクを偏愛していた。姉妹たちが歌っている間はほとんど関心を払っていなかったのに、彼がピアノをかき鳴らしだすと、彼女は裁縫仕事を放り出して、ピアノに向かう甥の背後に立ち、曲に合わせて足で拍子をとった。いや、拍子をとろうと試みたと言うほうがいいのかもしれない。なぜなら、彼女には拍子や和音を聞き分ける音感がなかったからだ。

彼が演奏を続けるうちに、わたしはそのことに気づいた。彼は困ったような表情を浮かべ、本来の実力を発揮できないまま、唐突に弾くのをやめた。「表に出ようじゃないか」と彼はいった。「部屋の中が息苦しくなってきた」

「モールス信号は知らなかったよな?」と彼はわたしに訊《き》いた。「知っていたら、きみはもっと驚くだろう。どのくらいかけて彼女は習得したんだろうか」

「いったい何の話だい?」とわたしはいった。

「ぼくも面食らっているんだが――」とフランクは答えた。「セアラおばさんが曲に合わせて拍子をとっていたときみは思っただろう。おばさんはたしかにそうしていたのかもしれない。でも、同時にモールス信号で誰かにメッセージを送っていたんだよ」

「どんなメッセージを？」とわたしは尋ねた。

「まったくのたわごとさ」と彼は応じた。「〈捧げ銃《つつ》！　撃て！　くそっ、だめだ。おれの話を聞くつもりはないのか？　おれは殺《や》られてしまうぞ、おまえがもし――〉と。メッセージの最後はわからない。とてもピアノを弾いていられなくなったからね」

わたしたちは室内に戻った。ベネット夫人は、暖炉の傍の背の高い椅子に座って聖書を読んでいた。

「風邪をひいたんじゃないの、フランク」と彼女はいった。「台所に行ってカモミールティーを作ってあげましょう」

＊　＊　＊

これら一連の奇妙な出来事を繋ぐ最後の環《リンク》をなすものは、翌年の秋に起こった。フランクが結婚式を挙げた年である。

全員で朝食をとっていて、コルシカ島（地中海にある。ナポレオンの生地）を飛行機で一周するという変な夢を見た話をわたしは終えたところだった。

「あなたの夢はとても変だったんでしょうが――」とベネット夫人はいった。「でも、わたしが昨夜見た夢は、もっと奇妙かもしれない。夢で、わたしは大きな舞踏会に参加していたの。まちがいなく舞踏会だったと思うけれど、とはいえ、舞踏会なんて一度も行ったことがありませんからね。全員が白い美しい服を着ていて、大きな磁器のお皿でスープを飲んでいた。わたしも自分のスープを飲もうとすると、誰かに背後から強く押されて、お皿の中味すべてを服の上にこぼしてしまった。服はすっかりだめになったにちがいない。それと同時に、背後で変な声が聞こえたの――『そう、わたしが悪かった、セアラ。過去五十年間というもの、ずっと謝ろうとしてきたのだが』。こんな常識はずれのやりかたで話しかけてくるのは誰だろうと振り返ると、驚くなかれ、猿だったのよ。猿にまちがいなかったと思う。男の服を着て、すぐそばに立っている。その悲哀に満ちた表情がまるで人間みたいだったので、わたしは思わず笑いだしてしまったわ。哀れな動物はひどく感情を傷つけられたようで、ウェイターたちがスープをよそっている台のほうへこっそり去っていった。ただこちらを一度だけ振り返り、歯を剥き出しにしながら『もう手遅れだ！』と唸《うな》ってから姿を消したのよ」ベネット夫人は快活な笑い声をあげた。彼女はユーモアの才にとても恵まれていた。

ここまで語ってきた出来事のいずれも、それが起こった際には程度の差こそあれ何らかの印象をわたしに与えたが、とはいえ、もし以下の話を聞かされていなければぐに記憶から消えていただろう。その話のおかげで、わたしの心の中で過去五年間の出来事がはっきりと繋がったのだ。

セアラ・ベネットは娘の頃に工兵隊の大尉に恋をして結婚した。大尉は頭がよく、工兵隊員にしては稀なことだが詩や文学を好んだ。しかし、気性は無頼にして放縦だった。また無慈悲でもあった。ビルマ（ミャンマー）のある村の略奪にまつわって彼の登場する話を聞かされたのはほんの昨日のことだったが、その話も尻切れとんぼに終わった。話し手が半分まで進めたところで、インド帰りの短気な大佐が先を遮ってしまったからだ。

　この大尉は賭けに勝つために彼女と結婚したらしい。好奇心から彼はクエーカー教《フレン》徒《ズ》（クエーカーの正式名称はReligious Society of Friendsで、日本では「キリスト友会」）の集会にひとりの友人と参加、そこでセアラ・クルックシャンクと出会った。思うに、質素な服を着たクエーカーの娘と悪評高い放蕩者ではあまりに不似合いなので、賭けを提案した友人はとんでもない大金を張ったのだろう。だが、大尉は賭けに勝った。娘の両親の反対を押しきって結婚——花嫁を静かな田舎にある実家から連れ去って、駐屯地のある町で惨めな暮らしをさせた。半年後に連隊は移動することになったが、行き先について大尉は彼女に嘘をついた。ある朝、目覚めてみると、夫は連隊と共にインドへ既に出立《しゅったつ》、いっぽう、食費さえろくに渡されていなかったのに、自分が夫の大きな借金を背負っているのを彼女は知った。クエーカーの信徒たちの親切心のおかげで実家に戻ることができたセアラ・ベネットは、両親の許《もと》を去った事実を忘れようと努めながらそこで暮らした。

夫からは何の便りも届かなかった。既に死んだものと考えたが、ずっと後になってから、彼が死亡した戦闘を報じる短い記事を新聞で目にした。時が経つにつれて、周囲の人々は彼女の過去を忘れた。彼女にとっても、過去の痛みはもはや失せていた。

わたしたちの身に降りかかった災難はしばしば忘れ去られる。しかし、自分がおこなった悪事を忘れるのはそうたやすいことではない。

ベネット大尉のわずかに残された霊魂が死後の世界《グレート・アンノウン》に入ったとき、彼は生前に自分がなした悪事の酷《ひど》さを悟ったが、いっぽう、妻は悟ってはいなかった。彼はあらんかぎりの力で自分の悔恨を妻に伝えようとした。彼の霊魂は地上からさほど離れていないところにいたから、そのぶんうまくいってもよかったはずだ。しかし、古《いにし》えの時代と同じく、「大きな淵が定めおかれて」いた。すなわち、善と悪との間の越えがたい深淵である。何という悲劇であろうか、彼は悔悟するのが遅すぎたのだ。

彼女の信仰心がもう少し浅ければ、大尉は自分の悔悟を妻に伝えるのに成功していたかもしれないと、わたしは思うことがある。だが、実際のところ、彼が払った最大の努力も彼女にはばかげた夢の断片にしか見えなかったのである。
過去においてさえ、亡き夫は彼女の記憶に稀にしか現れなかった。そして、今や、彼女に届く経路は完全に断たれていた。彼と彼女の間に共通するものは何もなかった。自分の見た夢を笑いとばしたベネット夫人とは、完璧な正義のもつ残酷さをまさに具現するものといえよう。

夫人の死後、遺された書類を眺めていたとき、彼女自身の達筆で書かれた二篇の詩に目がとまった。何かの本から書き写されたとは思えない。フレンド会の良心的な集会責任者であった彼女が、これらの詩に表現されたものを是認したわけがあるまい（クエーカーは、非暴力、平和主義を奉じる）。拙文の冒頭と末尾に二篇の詩を掲げたのは、セアラ・ベネットが憑依されていた事実を決定的に証明するように思えるからである。

平和が実現してからは繁栄が訪れ
黄金で購《あがな》われたのは
古えの時代を忘れて
戦《いく》さがなくなる時を語る男たち
しかし、聖なる忿怒《ふんぬ》をもって

安易な妥協の言葉を憎む男たちが
おのれの天性を知る男たちが、立ち上がるだろう！

軍楽隊の笛や太鼓の音のゆえではない
人生を愛《め》でるがゆえに、彼らはやってくる
彼らの父祖たちがかつてやってきたように——
英国の少年たちが運動場からやってくる
殺戮の生む悦びを味わうために
戦さという遊戯《ゲーム》を楽しむために！

主よ、我らが生きる間に戦さを与えたまえ！
女たちには平和を祈らせておけ
無情な心と諸刃《もろは》の剣、そして
鏖殺《みなごろし》の欲望！
我らの後方《しりえ》には大火と飢饉
我らの行手《ゆくて》には数多《あまた》の都

略奪の時機《とき》にそなえて腕を摩《さす》れ
戦禍に乗じるがいい！

笛や太鼓の呼び声に応《こた》えて、彼らはくるだろう
父祖たちもそうしたように
笑いながら家と妻を打ち捨てる
襤褸《らんる》の旗が風を切って進む
取り残されるのは手負《ておい》の者たちにすぎぬ
戦さとは、血に塗《まみ》れた戦さとは、遊戯なのだ！

ピーター・レヴィシャム

Peter Levisham

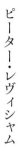

ピーター・レヴィシャムについてシンクレアが書いた本を読み終えたところだ。もっぱら法的観点から執筆された卓抜な論考で、それが収められた叢書の価値をいっそう高めている。ただし、レヴィシャムが合衆国で過ごした三年間に触れていないのは残念だ。というのも、まさに同地において彼は解剖学と薬物学の知識を得たと思われるからである。また、彼がダンバートン事件に関わったとするが（二八〇頁）、その確たる証拠は存在しない。他方、巻末の文献一覧は見事なもので、わたしの知らない書物や論文が少なくとも六点は掲げられており、詮索癖のゆえにいずれ目を通さざるをえないだろう。

わたしがレヴィシャムに興味をもつのは当然至極だと思う。若い頃に彼の弁護を依頼されたことがあって、その折りに彼が訴追された犯罪については無罪だと現在にいたるも信じている。けれども、彼の生涯、経歴にまつわる一切に興味を抱く真の理由は、ダニエル・クロケットがわたしに語ってくれた話のためなのだ。いうまでもなく、レヴィシャムの裁判に強い関心をもつ者なら誰でもクロケットの名前には馴染みがある。シンクレアの本では偶然の知己として言及されるが、クロケット本人ならそんな言葉は使わなかっただろう。

　クロケットが証人台に立つまで一度も面識はなかったけれど、ほどなくして、身体障碍児童のための一時介護施設の理事会にわたしが初出席した際に顔を合わせた。さらに、アディソン倶楽部で年四回開かれる晩餐会に彼がノースコートの招待客としてやってきた折りに再会し、その夜から彼との交友が始まったのである。

　クロケットは傑出した人物だった。彼の事業はバルト諸国との貿易関連で、シティ（ロンドンの金融、商業の中心地）の複数の同業組合員に選ばれており、人格は高潔、態度は控えめで、昔風の堅苦しい礼儀の持ち主である。ダリッジ（ロンドン南東部）の大きな屋敷ヴェントナー・プレイスで病弱な姉と暮らしていた。わたしが足を踏み入れたなかで最も心が安らぐ家庭のひとつで、彼の性格と完全に一致していた。もし妖精がダニエル・クロケットの姿を椅子かテーブルに変えたとしたら、ヴェントナー・プレイスにある椅子やテーブルとそっくり同じだと感じることだろう。

　だが、彼はなにゆえに傑出しているのだろうか。その答えを探そうとわたしはしばしば試みてきた。彼の生活は三つの面に截然《せつぜん》と分かれていた。つまり、第一がマーク・レインの事務所とシティ、第二が屋敷の書斎とジョンソン倶楽部、第三が懐中に忍ばせたギリシャ語新約聖書の袖珍本とクエーカー教徒《フレンズ》の集会所で責任者として座る隅の席である。だが、それぞれがさまざまな活動を伴う三つの面は、明瞭に分離しつつも、一致調和していた。

　ある夜、ヴェントナー・プレイスの書斎に座っていたとき、ピーター・レヴィシャムが話題にのぼった。わたしは彼との最初の邂逅《かいこう》について口にした。わたしの弁護で彼が無罪放免になってしまったのは遺憾だと述べたのを憶えている。あのとき有罪判決が下っていれば、あれほど多くの無辜《むこ》の命が奪われることはなかっただろうし、また、彼も罪を犯さず死刑にならなかっただろう。数分間、クロケットは黙ったままだった。ひどく心を動かされているのが見てとれた。

「レヴィシャムとの関係について語っておきたいと思う」彼はようやく口を開いた。「姉は事実を知っているし、折りに触れて姉とその話もする。だが、他には誰にも打ち明けたことはない。今から三十年前、十一月の最初の金曜日のことだ、重役会に出たあとビショップスゲイト（シティの一角）を歩いていた。道を横切る必要があった。反対側の歩道に達する寸前、急いでやってきた荷車にあやうく轢《ひ》かれそうになったが、かろうじて飛びのき、すぐ後ろを歩いていた男の体につかまった。

『前を見ないでぼやぼやしていると、そのうち命がなくなるぞ』

自分でも何をいっているのかわからないまま、この言葉が口を衝《つ》いて出た。男は当惑した表情でこちらを眺めると、笑い声をあげ、『これはどうも』と言って立ち去った。とても些細な出来事だったけれど、わたしは動揺を覚えた。きみも知ってのとおり、わたしはいくぶん口が重い性質《たち》だし、迅速かつ敏捷に行動しなければいけなかったとはいえ、そんな言葉を発する必要はなかったからだ。わたしの言葉は他人《ひと》に喧嘩をふっかけかねない恐れがあった。無礼とまではいかないかもしれないが、不必要だった。自分が相手の立場だったら憤慨していただろうと感じた。

それから十一年後、クリスマスの二日前に、ヨークシャーのイースト・ライディング地方の寂しい道を二輪馬車《ギグ》で走っていたときのことだ。あのあたりは子供の頃から知っている。深々《しんしん》と冷えこんだ静かな夜で、月には雲がかかっていなかったから、風景の細部までよく見渡せた。低い坂を登りきった際に、片方の肩に重い荷物をかけた男を追い越した。乗せてあげようかと声をかけると、男はこの申し出を受けて馬車に上がり、わたしの横に座った。自分はアメリカ人で、親戚を訪ねてきたところだと彼はいった。ドリフィールドを目指しており、そこで翌朝早くのヨーク行きの列車をつかまえたいという。ドリフィールドはさすがに遠いが、途中の五、六マイルまでなら喜んでとわたしは応じた。時間はあっという間に過ぎていった。彼は話がとても上手で、対象が人間であれ物であれ観察力がずば抜けていた。ドリフィールドへと分岐する十字路でわたしは馬車を停め、近道を使って早く辿り着ける方法を説明した。ありがとう、ではさようなら、と男はいった。馬に鞭を入れると、わたしは大声で最後に念を押した――『森を抜けて踏越し段を越えるのを忘れないように。それから何があっても、〈縛り首のオークの木〉を背にして進むように』。こう声をあげた瞬間、わたしは自分の指示がどれほど無意味かを悟った。〈縛り首のオークの木〉は幼い頃からわたしには馴染み深いものだったけれど、彼への説明では一切触れていなかったからだ。わからない場所は絶対に避けるようにともわたしは男に告げたが、どうしてそんなに強調する必要があったのか。たとえ〈オーク〉のところで誤った方向に進んだとしても本街道にふたたび戻るだけで、余計にかかるのはせいぜい半時間だろう。わたしは苛立ちと困惑を同時に覚えた。だが、この出来事もさしあたりは忘れてしまった。

話を一八九一年の夏へと移そう。わたしはポーロック（イングランド南西部、ブリストル海峡に面する湾）に友人たちと滞在していた。九月の最後の土曜だった。長い散歩に出かけ、路傍で腰を下ろしてサンドイッチを食べだした。そこからは一本の小道がカラマツを植林した森へと通じている。最近ペンキを塗られたばかりの立て札があり、森は私有地につき無断侵入者は厳正な法の裁きを受ける旨を告げていた。立て札の支柱を背にして座っていたので、小道を歩いてきた男の姿が目に入ったのは、彼が踏越し段を越えかけたときだった。中背で顎鬚を生やしており、年齢は五十というところか。服装から非国教徒系教会の牧師だとわたしは判断した。こんにちは、とこちらに声をかけると彼は掲示に目を通したが、急に笑いはじめた。

『いかにも英国的ですな』と彼はいった。『一時間も森の中を歩いてきて誰ひとり駄目だと注意する者に会わなかったのに、街道に出るやいきなり、私有地だから厳正な法の裁きを受けかねないと知らされる！　どうして小道の端と端に立て札を出さなかったんでしょう？　街道から森に向かうのがまともで、森を抜けて街道に赴くのは理にかなわないとでもいうのですか？　大概の警告と同じように、この警告も手遅れですな』彼が話しているうちに、わたしは奇妙な恐怖の感情に襲われたようだった。寒気がして、手足が震えだす。

『ご加減が悪いようだが』と彼はいった。『どうなされました？』

彼がしゃべっているうちに、きみにこれまで語ったふたつの出来事でわたしが遭遇した男と同一人物だとわかったのだ。わたしは立ちあがった。散歩に一緒に連れてきたブルテリアはそれまでは兎の穴をごそごそ調べていたが、わたしが動きだすのに気づくと駆け寄ってきた。同時に、穀物を山積みした荷馬車が街道の緩いカーブの向こうから姿を現した。

『お名前は存じあげないが――』とわたしはいった。『あなたには二度お会いしたことがある。一度はビショップスゲイトの路上で、もう一度は、ある冬の夜、ドリフィールドへといたる十字路で話を交わしました。お願いですから、手遅れにならないうちに、この警告に耳を傾け、歩む途《みち》に気をつけてください』

男は瞬時にこちらに向き直ると、顔に暗く不快な表情を浮かべて毒々しい罵言をどっとばかりに浴びせだした。犬がその場にいなければ、そして、荷馬車が五十ヤードの距離まで近づいていなければ、彼はこちらに襲いかかってきただろうと今も信じている。荷馬車を引く御者と連れ立って、わたしはポーロックまで歩いて戻った。最初のうち、男は距離をおいて後を追ってきたが、四分の一マイルほど行ったところで、マインヘッドへと通じる脇道へと逸《そ》れていった。その夜、寝室に鍵をかけないままにしておくのにずいぶん迷ったことを今も忘れない。

裁判の始まるまでにピーター・レヴィシャムと会ったのは、以上の三回だ。あの年の十一月十二日は土曜だった。朝食の席で聖書の一節を読むのがわたしたちの習慣だ。

聖書を閉じてからもしばらく黙想したまま席を立たなかったが、そのとき、自分はどうしてもロンドンにいる必要があるという確信を覚えた。似たような〈導き《リーディング》〉をこれまでに三、四度得たことがある。何処かわからない場所に赴き何事かわからないことをするように命ずる、衝き動かすような力の存在を感じた体験があるのだ。恐ろしい体験であり、非常に危険だと信じる。誰もみずから求めてはならない体験、神によるものかどうか知るために祈りを捧げつつ取り組まねばならない体験だ。わたしは自室にいったん戻り、それから姉に会って午前中の予定をすべて取りやめた。チャリング・クロス（ロンドン中心部ストランド街の西端）行きの列車に乗って、終点で降りた。ストランド街の歩道に立ちながら、バスが数珠《じゅず》つなぎになって通るのをわたしは眺めた。どのバスに乗ればいいのかわからない。自分がどこに行こうとしているのかわからない。決めかねてぐずぐずしているうちに、盲目の男に注意を惹かれた。ひとりきりで立っており、ロンドンの交通には不案内のようにみえる。お助けしましょうかと訊ねると、男はシティの住所が書かれた紙きれを渡した。一緒に行ってあげましょうと告げて、彼とバスに乗った。彼を目的地に送り届けてから、通りをさらにしばらく進んでいくと、オフィスビルの真向かいに立つ花売りの女に呼びかけられた。陽気な口調でせがむので、結局、まんまと薔薇を買わされた。女に話しかけているときだった——自分は〈導き〉に正しく従ってきたのだという強い確信をはじめて覚えたのは。オフィスビルに入るとロビーで社名一覧に目を通し、エレベーターは使わずに階段を上がった。最上階まで行った。右手には〈マイヴァート＝ディクソン社〉、左手には〈P・W・フォスター〉と記されたドアが見える。後者をノックした。時計が十一時を打つのが耳に入る。少し待ってからドアを開けて中に入ったが、事務所には誰もいない。

正直なところ、驚いた。事務所にある二脚の椅子の片方に腰を下ろして、周囲を見まわした。家具はわずかしかなかった。蛇腹式蓋のついた古い机、テーブル、日めくり、二、三冊の人名録、金庫、白い文字でP・W・フォスターと書かれた大きなふたつの鉄の箱。そして、郵趣家国際大会の額装写真（一八九九年、スイスのベルンにて撮影）が炉棚の上に掛かっている。

一時間座っていたが、誰も現れない。わたしは出ていこうと途中で二度立ち上がったが、そのたびに、ここへと送りこまれてきた目的を自分は今まさに果たしているのだ、この場に自分がいるのが必要なのだという強い確信を得て腰を下ろした。できるだけあれこれ考えないようにして、心を平静な休息状態に保つようにつとめた。時計が十二時を告げたとき、午前中ずっと自分と共にあったように思える輝く雲が消えさり、わたしは部屋を出た。階段を降りながら、日めくりが十一月十二日になっていたのを思い出した――そうすると、今朝、事務所の主はおそらくやってきたのだろう。花売りはまだビルのドアの真向かいに立っていた。『おやまあ』と彼女はいった。『薔薇をどこかに置き忘れたのね。運よく、薔薇がまだ一本、きれいなのが残っているのよ。正午になったばかりだから、家に帰って食事をしようとお急ぎでしょうが、どうか買ってくださいな！』一シリングを与えるだけで、薔薇は受けとらなかった。花には関心がない。だから、部屋に忘れてきたのだろう。

　この日の午前中の行動を点検したら、たいていの人はわたしが愚かな衝動に駆られて愚かな行動をしたと結論するだろう。盲目の男と花売りの女にわずかばかりの恩恵は与えたものの、誰もいない部屋に座って無駄にした一時間の埋め合わせといえば、それだけにすぎない。

　今から振り返ってみると、裁判のときまで、この土曜日に自分がやったこととピーター・レヴィシャムを関係づけようと思わなかったのは不思議にみえる。普段は新聞の犯罪記事など読まないから、ブルームズベリー（ロンドン中心部の住宅街、文教地区）で起こったユダヤ人メンデルソーン殺しについては何も知らなかった。わたしの気づかないうちに裁判が始まっていた。被告の写真を新聞で目にしたとき、すぐさま誰であるかわかった。ただ、自分はどうすべきなのかという重要な問題が残った。殺人が午前十一時から正午の間におこなわれたことを示唆する強力な状況証拠があったのを、きみはもちろん憶えているだろう。被告にはアリバイがあるとの弁護側の主張を新聞で読んだ。つまり、レヴィシャム――当時はフォスターという変名を用いていた――は、事件発生時に自分がシティの事務所にいたと断言したのだ。また、彼が十時から十一時の間の時刻にビルに入るのを用務員が目撃していたと知った。用務員は、レヴィシャムは十二時半までビルにいたし、出ていく際には、自分とレヴィシャムがあるレースで賭けている馬の話をしたと証言する用意があるとのことだった。もちろん、奴が偽装にかけては達人だという事実も含めて、以上はきみも承知の通りだ。これを補強する証言が他にもひとつあったけれど、今は思い出せないな」

クロケットはもどかしそうに片手で額をさわった。レヴィシャムの部屋と向き合う事務所の社員が問題の時刻頃に彼の姿を見たという証言だろうと、わたしは教えてやった。『ブラッドショー鉄道時刻表』を借りるために、レヴィシャムが立ち寄ったというのだ。

「そう、それだ」とクロケットはいった。「実際のところ、すべてはアリバイにかかっていた。悩みにさいなまれて、わたしは一睡もできなかった。翌朝、検察官に連絡をとると、あの事務所の借主が現れるのをひとりで一時間待っていたと告げた。レヴイシャムとの過去の邂逅については、ほんのわずかしか話さなかった。わたしがレヴィシャムとは偶然に知り合い、助けようとしたがうまくいかず、レヴィシャムの側でもわたしの忠告で助かるのを拒んだ――検察官はそう推測したのだと思う。花売りの女は難なく見つかり、わたしの話を裏づけてくれた。わたしの買った薔薇も炉棚で枯れて横たわっているのが見つかった」

レヴィシャムの有罪について疑念はないのかと、わたしはクロケットに訊《き》いた。

「まったくない」と彼は答えた。「疑念があったら、きっと黙っていたと思う。でも、ポーロックで彼の顔を覗きこんだとき、わたしにはもうわかっていたんだよ」

レヴィシャムと出会った日付とレヴィシャムが最終的に自白した一連の殺人の日付を照合してみたかとも、わたしは訊いた。

した、と彼は答えた。ビショップスゲイトでの遭遇の一ヶ月後、金持ちの未亡人ジョーンズ夫人はハイベリーで毒殺された。ドリフィールドの十字路での会話から一週間後、マッケンジーという男の死体が、心臓を刃物で刺された状態でダーリントン近くのパーワース館の納屋で発見された。クロケットがポーロックの近くでレヴィシャムに会った日、後者はバースに向かって出発したにちがいない。翌朝、同地でレヴィシャムはベングローヴという老人を殺害した。

「これら三つの事件では、警告を受けてから犯罪の実行までの間隔が――」と彼はいった。「短くなっていく。彼にとって、悔恨の念を消し去るのが容易になっていった。殺すのがますます容易になっていったのだ」

こう話を終えると、クロケットは頭を垂れて祈りを捧げた。

シンクレアの書いた本がある意味では手際鮮やかで優れたものなのはたしかで、もちろん大いに売れることだろう。真相には届いていないと評しても、著者は理解してくれまい。

五本指のけだもの

The Beast with Five Fingers

この物語はエイドリアン・ボールソーヴァーに端を発する。出会ったのはわたしが子供の頃で、彼は既に老人だった。父が寄付金を求めて訪問した帰り際、ボールソーヴァー氏は神の祝福がありますようにと幼いわたしの頭に右手を置いた。彼の顔を見上げて、美しく輝く黒い眼が何も見えていないのかもしれないと初めて悟ったときに感じた怖れ、それは一生忘れないだろう。

エイドリアン・ボールソーヴァーは盲目だったからだ。

彼は非凡な人物で、風変わりな一族の出身だった。ボールソーヴァー家の男たちはなぜか平凡きわまりない女と結婚するのが常で、そのために、一族からは天才が生まれず、いっぽうで狂人もたったひとりしか出さずにすんだのかもしれない。とはいえ、彼らはどうでもいいような主義や運動を擁護し、怪しげな科学を気前よく後援し、小難しい文句を並べる団体を設立し、そして、学問の世界のいわば脇道にあっては信頼のおける先達だった。

たとえば、エイドリアン自身は蘭の施肥《せひ》についての権威だった。ボールソーヴァー・コニャーズにある一族の地所に住んでいた時期もあったが、生まれつき肺が弱いために気候のもっと良い土地へと移らざるをえなくなり、イングランド南部の陽光溢れる海水浴地に居を構えた。そこでわたしは彼と出会ったのだ。彼はときおり地元の牧師たちの代役を務めた。わたしの父によれば、彼は説教が達者で、大概の人ならご利益《りやく》が薄いと思うような聖句から霊感に満ちた長い法話をおこなった。「口頭で直接与えられる霊感が存在するという教え、それがまちがっていないという絶好の証拠だな」と、父はよくつけくわえたものだった。

エイドリアン・ボールソーヴァーは手先が抜群に器用だった。達筆であり、さらに、執筆した科学論文の挿図はすべて自作で、木版画もてがけた。現在はボールソーヴァー・コニャーズの教会で呼び物となっている祭壇の飾り壁も、彼が彫ったものだ。切り紙細工がとんでもなく上手で、若い女性には彼女たちのシルエット、子供たちには豚や雌牛を作ってやった。自分自身で考案した複雑な管楽器も複数製作している。

視力をなくしたのは五十歳のときだった。だが、エイドリアン・ボールソーヴァーは非常に短期間で新たな境遇に順応した。ブライユ式点字法をたちまち習得し、触覚が驚くほど優れていたので、植物学への関心を依然として失わずにすんだ。長く、しなやかな指を花の上に這わせるだけで品種を正確に言い当てられたのだ。ただし、ときには指ではなく唇を用いた。わたしの父の文箱《ふばこ》からボールソーヴァーの書簡が数通出てきたが、そのいずれにも盲目である事実を窺わせる痕跡は一切なかったし、しかも、行間をひどく詰めるという書き癖にかかわらずである。晩年のボールソーヴァーには不気味ともいえる触覚の持ち主だという評判が立っていた。たとえば、指の間に挟んだリボンの色を即座に当てることができたと伝えられている。父はこの話を肯定も否定もしなかった。

エイドリアン・ボールソーヴァーは独身をつらぬいた。他方、彼の亡兄チャールズはかなり歳をとってから結婚——ユースタスという息子をのこした。ユースタスはボールソーヴァー・コニャーズのジョージ朝様式の陰気な館に居を構え、誰にも邪魔されずに遺伝学の大著を執筆するための資料を蒐《あつ》めていた。

おじと同じく、彼も非凡な人物だった。ボールソーヴァー一族は全員が生まれついての博物学者だったけれど、ユースタスの場合、自分の知識を体系化するという才能にとりわけ恵まれていた。大学教育をドイツで受け、ウィーンとナポリで大学院を修了、その後四年間というものは南米と東洋を旅行して、変異の過程に関する新たな研究のための膨大な資料を入手したのである。

ユースタスはボールソーヴァー・コニャーズでは秘書のソーンダーズとふたりだけで暮らしていた。地元ではソーンダーズは胡散臭いとの悪評が立つ男だったが、数学者としての能力と実務の才幹を兼ね備えていたので、ユースタスにとってなくてはならない存在だった。

おじと甥が顔を合わせることは滅多になかった。ユースタスがおじを訪れるのは夏か秋の一週間に限られていた。退屈きわまりない滞在で、幌付きの車椅子に乗った老エイドリアンが陽のあたる海岸通りを運ばれていくのとほとんど同じくらいの遅さで、だらだらと過ぎていった。ふたりは彼らなりに互いに好意を抱いていた。とはいえ、信仰観を共有していれば、親密さの度合がさらに増していたのは疑えないだろう。エイドリアンは若い頃からの古風な福音主義を捨てなかったが、甥のほうは仏教への入信を長年思案していた。また、両者はボールソーヴァー一族につきものの寡黙さをもちあわせており、彼らの敵対者たちはこれをときに偽善と呼んだ。エイドリアンの場合、自分が実行せずにおわった事柄について口を噤《つぐ》んだにすぎないけれど、ユースタスが黙して語らない場合、注意深く閉ざしたままのカーテンの背後にがらんとした部屋以外の何かが隠されているように思われた。

この世を去る二年前、エイドリアン・ボールソーヴァーは、自分でも知らないうちに、自動筆記の能力を発現したが、しかし、こういった力はさほど稀というわけではない。ユースタスがその事実を知ったのは偶然による。ベッドに起きなおった姿勢で、エイドリアンが左手の人差し指でブライユ式点字をなぞりながら読書をしていたとき、甥は老人が右手にもつ鉛筆が反対側の頁をゆっくりと動くのに気づいたのだ。張り出し窓に腰かけていたユースタスは、ベッドのそばの椅子に席を移した。おじの右手は動くのをやめず、文字、言葉を綴っているのだと、彼にははっきりとわかった。

「エイドリアン・ボールソーヴァー」と右手は書いていた。「ユースタス・ボールソーヴァー、チャールズ・ボールソーヴァー、フランシス・ボールソーヴァー、シギスマンド・ボールソーヴァー、エイドリアン・ボールソーヴァー、ユースタス・ボールソーヴァー、サヴィル・ボールソーヴァー。Bはボールソーヴァーの B。正直は最善の策である。別嬪《べっぴん》のベリンダ・ボールソーヴァー」

「何て奇《き》天《て》烈《れつ》なたわごとだ」とユースタスはひとりごちた。

「ジョージ国王は一七六〇年に戴冠した」（英国王ジョージ三世の在位は一七六〇－一八二〇年）と筆記は続いた。「群衆は集合名詞で、個人の集まり。エイドリアン・ボールソーヴァー、ユースタス・ボールソーヴァー」

「おまえは――」と、本を閉じながらおじがいった。「今すぐ散歩に出かけて、午後の陽射しを存分に浴びてくるほうがいい」

「ええ、そうしようかと思います」と答えると、ユースタスはおじの本を手にとった。「でも遠出はしないつもりなので、戻ってきたら、さきほど話題にしていた『ネイチャー』誌の論文を読んであげられますよ」

彼は海岸の遊歩道を歩いたが、休めるところにくるとすぐに立ちどまった。海風から守られた一隅に腰を下ろすと、彼はゆっくりと本を調べた。ほとんど全頁に鉛筆で無意味な文字が書き込まれていた――延々と続く大文字、短い言葉、長い言葉、まとまった文、習字帳で用いられる常套句。実のところ、全体が子供の習字帳のように見える。さらに注意深く調べてみると、本の冒頭の書き込みの筆跡は、上手だとはいえ、末尾の筆跡ほど巧みではないと結論するに足る証拠が見出せるようだった。

彼は十月末におじのもとを去ったが、十二月初旬には戻ってくると約束した。老人の自動筆記能力が急速に発達しているのは明らかに思え、彼はおじ宅への訪問を初めて心待ちにした。これまでのように義務感だけのものではなく、興味をかきたてられる滞在になるだろう。

しかし、戻ってきた当初、彼は落胆した。おじはめっきり老けこんだと思えた。何かにつけ大儀そうで、本も自分で読むより朗読してもらうほうを好み、手紙はほぼすべて口述ですませた。おじが新たに獲得した能力を観察する機会がようやく得られたのは、滞在の最終日のことである。

枕を背にあてがい起き直った姿勢で、老人はベッドでうたた寝していた。両手はベッドカバーの上にあり、左手で軽く右手を握っている。ユースタスは白紙のノートを手にして、おじの右手の指の届くところに鉛筆を置いた。指は待ち構えていたとでもいうように鉛筆につかみかかったが、左手から解放されるために、鉛筆をいったん落とした。

「干渉を防ぐには、左手を抑えておくべきなんだな」とひとりごちながら、ユースタスは鉛筆を注視した。それはすぐさま文字を綴りはじめた。

「不様《ぶざま》なボールソーヴァー一族、不必要なまでに不自然で、とんでもなく突飛で、不埒《ふらち》なまでに風変わり」

「おまえは誰なんだ?」とユースタスは低い声でたずねた。

「誰でもいいだろう」とエイドリアンの手は記した。

「おじが書いているのか?」

「我が魂のあらかじめ言った通りだ! すると、我がおじが!」(シェイクスピア『ハムレット』一幕五場からの引用)

「わたしの知る誰かなのか?」

「愚かなユースタスよ、おまえはすぐにわたしに会える」

「いつ会える?」

「あわれな老エイドリアンが死んだとき」

「どこで会える?」

「どこでもだ」

ユースタスは、次の問いは口に出さずにノートに書き込んだ。「今は何時だ?」

指は鉛筆を落とし、紙の上を三、四回往き来した。それから鉛筆を拾いあげると、また書きはじめる。「四時十分前。ノートをしまえ、ユースタス。わたしたちがこんなことをしているのをエイドリアンに見られてはいけない。彼は理解に苦しむだろう。あわれな老エイドリアンの心を乱したくない。では、さらば《オウ・ルヴォワール》!」

エイドリアン・ボールソーヴァーは体をぴくりと震わせて目を覚ました。

「また夢を見たよ」と彼はいった。「包囲された都市、忘却された街の奇妙な夢だ。ユースタス、おまえもこの夢に出てきたが、どんなふうに絡んでいたのか思い出せない。ユースタス、警告しておきたいことがある。疑わしい道は歩むな。友人は吟味して選べ。おまえの祖父などは……」

咳の発作が起こったため言葉は途切れてしまったが、ユースタスには手が文字をまだ書いているのが看《み》てとれた。彼は何とかおじに気づかれないでノートを片づけた。「ガス・ストーブを点《つ》けて、お茶を持ってこさせましょう」と彼はいった。ベッドの天蓋から垂れるカーテンの奥側に、手が記した最後の文章が見える。「もはや手遅れだ、エイドリアン」と彼には読み取れた。「わたしたちはすでに友人だ、そうだろう、ユースタス・ボールソーヴァー?」

翌日、ユースタスはおじの家を去った。別れの挨拶をした際、おじの具合が悪そうだと彼は思った。おじは自分の人生が失敗だったと気落ちした様子で語った。

「何てばかなことをおっしゃるんです」と甥はいった。「あなたは千人に一人もできないようなやりかたで障碍を克服した。非常に根気よく手を訓練して失われた視力の代わりを務めさせたことに驚かない人はいませんよ。わたしにとっては、教育の可能性に目を瞠《ひら》かれる思いです」

「教育か——」とおじは夢見心地で応じた。教育という言葉を聞いて、新たな感慨が生まれたかのようだった。「教育というのは、誰に対して如何なる目的で与えるのかを理解している限りにおいて、有効なのだ。下層の人間、下劣で卑しい精神の持ち主については、教育の成果は甚だ疑わしいと思っている。それはともかく、ユースタス、さようなら。もう会えないかもしれない。欠点も含めて、おまえは真のボールソーヴァー一族だ。ユースタスよ、妻を娶《めと》りなさい。善良で常識のある女と結婚するのだ。ところで、万が一再会できなくても、わたしの遺言書は弁護士に預けてある。遺産は与えない。おまえは十分に裕福だからな。ただし、蔵書は欲しいだろうと考えたので遺贈する。ああ、それからもうひとつ。おまえも承知しているだろうが、人間というものは死ぬ前に取り乱して愚かな頼みをしがちだ。いっさい無視するんだぞ、ユースタス。では、さようなら！」こういいおえると、彼は片手を差しだした。ユースタスはそれを握った。おじの手は彼が予期していたよりはほんの少しだけ長く掌《てのひら》にとどまり、思わぬほどの強さで彼の手を握った。しかも、微《かす》かとはいえ親密な感情が感じとれた。

「おじさん――」と彼はいった。「これからもまだまだ達者でお元気な姿を拝見できることでしょう」

＊　＊　＊

二ヶ月後、エイドリアン・ボールソーヴァーは死んだ。

そのとき、ユースタス・ボールソーヴァーはナポリにいた。葬儀の日に『モーニング・ポスト』紙に掲載された死亡告知記事を彼は目にした。

「かわいそうに」と彼はいった。「だが、おじの蔵書をまるごと収容できる場所なんて屋敷にあったかな」

三日後にボールソーヴァー・コニャーズの屋敷の図書室に立ったとき、この疑問はさらに大きな力で彼に迫ってきた。偉大なるナポレオンの熱烈な崇拝者だった先祖のボールソーヴァーがワーテルローの戦いの年（一八一五年）にこの部屋を作ったのだが、美しさは無視して実用一点ばりだった。大学のコレッジの多くの図書室と同じような設計になっており、背の高い書架が突き出して埃っぽい静寂を湛えている。忘れ去られた論争の往時の憎悪や忘れ去られた人生の死滅した熱情にふさわしい墓場といえよう。部屋の奥、誰かわからないが十八世紀の神学者の胸像の背後に、鉄製の不恰好な螺旋階段があって、やはり書棚が並ぶ回廊へと通じている。ほぼすべての書架が満杯だった。

「この件については、ソーンダーズと話さなくてはいけないな」とユースタスはひとりごちた。「撞球室《ビリヤード》に本棚を据える必要があるかもしれない」

その夜ふたりは食堂で会ったが、数週間ぶりのことだった。

「やあ！」と、両手をポケットに入れて暖炉の前に立つユースタスが口を開いた。

「世事万端はどうなっている、ソーンダーズ？　ところで、どうしてそんな正装を？」

ユースタス自身は古い狩猟服を着ていた。喪に服すという儀礼を信じていないからで、そのことは最後に訪問したときおじに話してあった。しかも、普段は控えめな色のタイが好みだったのに、この夜はわざと下品な赤のタイを身につけていた。執事のモートンを驚かせて、使用人たちに彼らが服喪するなどもってのほかだと理解させるためである。ユースタスはまさしく真のボールソーヴァー一族だった。「世事万端――」とソーンダーズは答えた。「いつも通りで、とんでもなくのんびりしているよ。ぼくが正装しているのは、ロックウッド大尉からブリッジに招待されたからだよ」

「どうやって大尉の家に行く？」

「自動車が故障しているので、二輪馬車で送ってくれるようジャクスンに頼んでおいた。かまわないだろう？」

「ああ、もちろん結構だよ。ぼくたちは長年何でも共同で使ってきたのだから、夜にきみが馬車を用いるのに文句などつけやしない」

「書信は図書室においてある」とソーンダーズが続けた。「ほとんどはこちらで処理済みだ。ただし、数通の私信は開封していない。それから、夕方の配達で届いた箱がひとつあって、ネズミらしきものが入っている。おそらく、四本指の白子《アルビノ》と交配させるためにテリーが送ってくれる予定だった六本指のネズミだろう。服を汚したくなかったので中身は確かめていない。ただ、跳びまわっている様子からすると、ずいぶん腹をすかせているようだけれど」

「ああ、確かめておくよ――」とユースタスが応じた。「きみと大尉がブリッジでこつこつ小金を稼いでいる間に」

夕食が終わってソーンダーズが出ていくと、ユースタスは図書室に入った。暖炉には火が入れられていたが、心地よい雰囲気とはほど遠かった。

「ともかく照明はすべて点けよう」といいながら、彼はスイッチを入れた。執事がコーヒーを運んでくると、「モートン――」と彼は指示した。「この箱を開けたいから、ネジ廻しか何かを取ってきてくれ。どんな動物かわからないけれど、箱の中でえらく騒いでいる。どうしたんだい？　なにをぐずぐずしている？」

「一言申しあげておきますと、運んできた配達人の話では、郵便局で箱の蓋に孔をいくつか開けたとのことです。蓋には空気を通す孔がまったくなくて、中の動物が死んでは困ると思ったと。以上でございます」

「誰が発送したにせよ、不注意にもほどがあるな」と、ネジを外しながら、ユースタスはいった。「こんなふうに孔のない木箱に動物を入れるなんて。しまった！　動物を入れる檻をモートンに頼むのを忘れていた。自分で取ってくるしかないな」

ネジを外した蓋の上に重い本を積むと、彼は撞球室に行った。空《から》の檻を手にして図書室に戻ってくると、何かが落ち、それから床を急いで走る音が聞こえた。

「くそっ！　獣が逃げた。この部屋でどうやって探せというんだ！」

実際、探し出せる望みなどなさそうだった。書架の奥まった場所のひとつでがさがさと音がしたので――棚に並ぶ本の背後を獣が走っていくように思えた――後を追おうとしてみたけれど、発見するのはとても無理だ。ユースタスは騒がずに書信を読むことにした。獣が怯《おび》えなくなって、そのうち姿を現す可能性は大いにある。ソーンダーズはいつものきちんとした流儀で書簡の大半の処理を終えているようだった。残るは数通の私信にすぎない。

おや、どうしたのだろう？　かちっという音が二回聞こえると、天井からぶらさがる不恰好な枝付きシャンデリアの照明が不意に消えた。

「ヒューズが飛んだかな？」というと、ユースタスは扉の傍のスイッチのところに行った。しかし、彼は途中で足をとめた。部屋の奥で音がしたからだ。何かが鉄製の螺旋階段をゆっくりと昇っていくかのようだった。「もし回廊に上がったのなら、かえって好都合だ」と彼はひとりごちた。だが何も見えない。彼の祖父は、子供たちが回廊を走りまわっても転落しないようにと、階段の最上部に小さな開閉柵《ゲート》を設けていた。ユースタスは柵を閉めて、捜索範囲を大幅に狭めてから、暖炉の脇の机へと戻った。

なんて陰気な図書室だろう。親しみを覚えさせる雰囲気などかけらもない。十八世紀のボールソーヴァーが若い頃の大陸巡遊旅行《グランド・ツアー》から持ち帰った数点の胸像は往時の図書室には似合っていたかもしれないが、ここでは場違いのように見える。赤いダマスク織の重いカーテンや金泥を施した天井蛇腹《コーニス》にもかかわらず、胸像のせいで部屋は冷えびえと感じられた。どさっという音をたてて、二冊の重い本が回廊から床に落ちてきた。そちらを見やると、さらに一冊、また一冊。

「なるほど結構。おまえは餓死するまでだ！」と彼は声をあげた。「水分を断たれたネズミの代謝作用のささやかな実験というわけさ。どんどん本を落とすがいい！　これでこちらのほうが優位に立ったな」彼はふたたび手紙に戻った。一族の事務弁護士から書簡が届いている。おじの死、ならびに、遺言でユースタスに贈られた貴重な蔵書の件に触れてから、文面は以下のように続いていた。

当方にとって確かに驚きというほかない要請がなされております。ご存じのように、エイドリアン・ボールソーヴァー氏は可能な限り簡素な作法でイーストボーン（イングランド南東部の海水浴地）に埋葬してほしいとの指示を出されていました。また、献花、花輪の類《たぐい》は一切辞退し、友人、親族は喪服着用の義務があると考えなくてよいとの意向も表明されておりました。ところが、逝去される前日に、以上の指示を撤回する旨の書簡が当方に届きました。氏は自分の遺体に防腐化粧処理を施すことも希望されました（雇うべき業者として、ラドゲイト・ヒル（ロンドン中心部）のペニファーを指定）。さらに、自分の右手を貴殿に送るようにとの指示があり、これは貴殿のたっての願いによるものだと記されていました。なお、葬儀についての他の諸手配は変更ございません。

「何だって！」とユースタスは声をあげた。「まったくおじはどういうつもりだったのだろう？　はて、あれはいったい何だ？」

誰かが回廊にいた。誰かがブラインドの紐を引いたので、ぱたんという音がしてブラインドのひとつが巻き上がったのだ。誰かが回廊にいるにちがいない。またひとつブラインドが巻き上がる。誰かが回廊を歩きまわっているにちがいない。ブラインドが次々と巻き上がって、月光が射しこんできた。

「真相はまだよくわからないけれど――」とユースタスはいった。「夜が更けるまえに突きとめてやる」彼は螺旋階段を駆けあがった。最上段までいったところで、照明がふたたび消えて、床を急いで走る音が耳に入った。薄暗い月明かりのなか、壁際のスイッチを手探りしながら、彼は音のした方角に忍び足ですぐさま向かった。ようやくスイッチに触れたので、照明を点けた。

前方十ヤードあたりで床を這っていたのは、人間の手だった。ユースタスは茫然としながら目を凝らした。尺取り虫のように素早く移動している。指は丸く曲がったり伸びたりを交互に繰り返し、親指が手全体にカニのような動きを与えているように見えた。驚きのあまり身動きできず眺めているうちに、手は角を曲がって消えてしまった。ユースタスは前方へと駆けだした。姿は見えなかったが、書棚のひとつに並ぶ本の背後に潜りこむ音が聞こえる。一冊の重い本が押しのけられて、書籍の列に隙間が生じており、手はそこから奥に入りこんだのだ。もう逃すまいと、彼は手じかにあった本を隙間に突っこんだ。さらに、逃げこんだ箇所の上側と下側の棚を空にすると、双方の前面に木の板を立てかけて塞《ふさ》ぎ、防壁を二重に強固なものにした。

「ソーンダーズがいてくれたら助かったのに」とユースタスはいった。「こんな事態にひとりでは対処できやしない」既に午後十一時をすぎていたが、零時までにソーンダーズが帰ってくる見込みは低い。監視を解いて書棚から離れる気にはとてもなれなかったし、いわんや、螺旋階段を駆け降りて召使を呼びにいくなど論外だ。窓が閉まっているのを確認するため、執事のモートンは十一時頃に回廊にやってくることが多かったけれど、さりとて、今夜必ず来る保証はない。ユースタスは取り乱した。だが、ようやくにして、階下に足音が聞こえた。

「モートン！」と彼は叫んだ。「モートン！」

「はい？」

「ソーンダーズ氏は戻ってきたか？」

「まだでございます」

「それなら、ブランデーを持ってきてくれ、大急ぎでだ。わたしは回廊にいるからな」

「やれやれ」と、グラスのブランデーを飲み干したユースタスは声をあげた。「寝るのはまだ早いぞ、モートン。書架から本がたくさん落ちてしまったから、元の棚に戻してくれ」

モートンはこの夜ほど多弁なボールソーヴァーを目にしたことがなかった。執事が本を元に戻し埃を払いおえると、「おい」とユースタスはいった。「この板を押さえてくれないか、モートン。箱の動物が逃げ出したので、図書室中を追い回していたんだ」

「本を引っ掻いているのが聞こえるように思います。稀覯書でなければいいのですが。あ、馬車の音です。すぐにソーンダーズ様を呼んでまいります」

執事が出ていってから五分は経過したようにユースタスには感じられたが、実際には、ソーンダーズを伴って戻ってくるまでに一分とかかっていなかっただろう。「よろしい、モートン、もう行っていい。ぼくはここだよ、ソーンダーズ」

「いったい何の騒ぎだい？」と、両手をポケットに入れてのんびり進みでてくると、ソーンダーズが訊《き》いた。今夜のブリッジではずっと運に恵まれていたので、彼は自分自身に、くわえて、ロックウッド大尉のワインの趣味の良さにも大いにご満悦だった。

「どうしたんだ？　ひどく怯えているようだけれど」

「あのいまいましいおじが――」とユースタスが口を開いた。「いや、とても説明しきれない。今夜はずっと、おじの手にえらい目にあわされてきたんだ。でも、本の背後にようやく追いつめた。捕まえるのを助けてくれ」

「いったいどうしたんだ、ユースタス？　何の冗談だい？」

「ばかいうな、冗談じゃない！　信じないというのなら、本を一冊どけて、手を入れて探ってみろ」

「わかったよ」とソーンダーズは答えた。「でも、ちょっと待ってくれ。袖を捲《まく》りあげるから。幾世紀にもわたって蓄積された埃だな」彼はコートを脱ぐと、跪《ひざまず》いて片腕を書棚に差し込んだ。

「たしかに何かいる。何にせよ、先端が妙にずんぐりしていて、カニみたいに挟んでくる。わ、やめろ！」彼は大急ぎで手を抜いた。「すぐに本で塞いでくれ。ああ、それでいい、もう出てこられない」

「で、何だった？」とユースタスがたずねた。

「ぼくをつかもうとしたんだ。親指と人差し指らしきものが感じとれたね。ブランデーをくれないか」

「どうしたら引きずり出せる？」

「釣り用の網はどうかな？」

「だめだろう。すごく頭が切れるみたいだ。いいかい、ソーンダーズ、あれはぼくたちの歩く速度よりうんと早く移動できるんだぞ。この棚の両端に置かれた本は大判だから、背後の壁との間に隙間ができていない。ところが、他の本はどれも判型が小さい。ぼくが小さな本を一冊ずつ抜き出すから、きみはそのたびに残りの本をずらしていってくれ。そうすれば、最後には大きな二冊の本の間であれを押し潰せるだろう」

たしかに最良の案に思えた。一冊ずつ抜き出すごとに、背後の空間は狭まっていく。生命《いのち》をもった何かが潜んでいるのは疑えなかった。逃げ場を探しだそうと指が動くのを彼らは目にした。とうとう、彼らはそれを二冊の大きな本の間に挟んだ。

「本当に血の通う生き物かどうかは別にして、筋肉はある」と、本をおさえながらソーンダーズがいった。「まちがいなく手に見えるな。これは伝染性の幻覚じゃないだろうか。そういう事例を読んだことがある」

「伝染性のたわごとだ！」と、顔に怒りをあらわにしてユースタスが応じた。「階下に持っていこう。箱の中に戻すんだ」

たやすくはなかったが、しかし、ふたりは何とかやりとげた。「蓋をネジどめしてくれ」とユースタスはいった。「絶対に逃げないようにするんだ。ぼくのこの古い机に箱を入れろ。がらくたしか入っていないから。ほら、机の鍵だ。錠が壊れていなくて助かったよ」

「大変な夜になったね」とソーンダーズが口を開いた。「さて、きみのおじさんについて話を聞かせてもらわなくては」

ふたりは早暁《そうぎょう》まで起きたままだった。ソーンダーズの眠気は吹っ飛んでしまったからだ。他方、ユースタスは話をすることで忘れたかったからだ。これまで感じたことのない恐怖を、自分自身に隠そうとしたのだ――寝室へと通じる長い廊下をひとりで歩きたくないという恐怖を。

＊　＊　＊

「正体が何であるにせよ――」と、翌朝、ユースタスはいった。「あれの話はもう打ち切りにしたい。これから十日間ばかりは屋敷で特に用もないから、車で湖水地方（イングランド北西部の観光地）まで出かけて山登りでもしよう」

「で、昼間は誰とも会わず、夜はふたりきりで死ぬほど退屈しながら座っているのかい？　ぼくはごめんこうむる。それくらいなら、ロンドンにずらかるほうがましさ。ずらかるというのはまさにぴったりの言葉だ。ぼくたちは怯えきっているからね。ユースタス、気を落ち着けて、しっかりしろ。もう一度、あの手を見てみよう」

「きみがそうしたいというなら」とユースタスは答えた。「ほら、鍵はそこだよ」

ふたりは図書室に赴くと、机を開けた。箱は昨夜のままだった。

「何をぐずぐずしている？」とユースタスがいった。

「自分が蓋を開けるときみが言い出すのを待っているのさ。でも、怖気づいているようだから、ぼくがやろう。今朝は昨夜みたいにひどい騒ぎになりそうにないよ」ソーンダーズは蓋を開けると、手を取りだした。

「冷たい？」とユースタスが訊いた。

「生ぬるい。触った感じでは体温より少し低い。柔らかくて、しなやかだ。防腐処理が施されているなら、ぼくの知らないような種類の処理だな。おじさんの手なのかい？」

「ああ、まさしく彼の手だよ」とユースタスは答えた。「この細く長い指を見まちがうわけがない。手を箱に戻してくれ、ソーンダーズ。もう蓋をネジどめしなくていい。机にまた鍵をかけるから、逃げ出せるはずがない。車でロンドンまで出かけて、一週間ほど滞在するという妥協案でどうだろうか。昼食後すぐに出発したら、夜にはグランサムかスタムフォード（どちらもイングランド東部の町）あたりまで辿りつける」

「いいよ」とソーンダーズが応じた。「明日は――明日になれば、この気色が悪い生き物の件なんて忘れているよ」

たとえ翌日には忘れられなかったとしても、滞在の終わろうとする頃、ユースタスがハロウィーンに催した食事会の席で、ふたりとも真に迫った怪談を披露できるほど元気になっていたのはたしかだ。

「ボールソーヴァーさん、まさか実話だと信じろとはおっしゃらないでしょうね。ほんとうに背筋が寒くなりました」

「誓って実話です。ここにいるソーンダーズも誓ってくれますよ。なあ、そうだろう?」

「いくらでも誓います」とソーンダーズが答えた。「細く長い手でした。それがぼくを握ったんです、こんなふうに」

「やめてください、ソーンダーズさん! やめてください! 本当にぞっとする。でも、怪談をもうひとつ聞かせてくださいな。正真正銘、心底、気味の悪い話を」

翌日、ユースタスはテーブル越しに一通の手紙を放り投げて「面倒が起こっているぞ!」とソーンダーズにいった。「とはいえ、きみの所轄事項だがね。ぼくの理解では、メリット夫人はあと一ヶ月で辞めたいとさ」

「メリット夫人ときたらばかな真似を」とソーンダーズがいった。「頭に血でものぼっているんだろう。何と書いて寄こしてきた?」彼は手紙に目を通した。

拝啓
本状は十三日の火曜日から数えて一ヶ月後に退職させていただきたい旨をお伝えするものです。長い間、この屋敷はわたしには大きすぎると感じてきましたし、ジェイン・パーフィットとエマ・レイドローが、同僚の女中たちをひどく怖がらせた挙句に、許しも得ずに辞めてしまうとなれば、この屋敷でもはやご奉公はしたくないとしか申せません。女中たちはひとりで部屋の掃除をしたり階段を降りたりもできない始末です。身動きできなくなったヒキガエルを踏んづけないか、ヒキガエルが夜に廊下を駆ける音が聞こえるのではないかと怯えているからです。そういうわけで、ボールソーヴァー様、広くて寂しい館でもかまわないという女中頭を新たに雇われるようお願いいたします。こういう屋敷には幽霊が出るという人もいますが、わたし自身は、母親がずっとメソジスト派の信者ではありましたけれど、そんな話を金輪際《こんりんざい》信じはいたしません。

敬具

エリザベス・メリット

追伸　ソーンダーズ様によろしくお伝えいただければ幸いに存じます。お風邪を召されたそうですので、くれぐれもご自愛のほどを。

「ソーンダーズ」とユースタスが声をかけた。「使用人の扱いにかけて、きみはいつも素晴らしい手際を示してきたんだから、メリットを辞めさせてはいけないよ」

「もちろん、引きとめるさ」とソーンダーズは応じた。「おそらく昇給が目当てなんだろう。午前中に彼女に一筆したためる」

「書面ではだめだ。じかに話すのに勝るものはない。都会の生活は満喫したから、明日帰ることにしよう。ところで、風邪にはできるかぎりうまく対処しろよ。肺炎になってしまったら、数週間というもの療養して栄養をせっせと摂らないといけなくなるぞ」

「わかっているよ。メリット夫人の件は何とかできると思う」

しかし、彼が思っていた以上にメリット夫人は頑固だった。ソーンダーズの風邪の具合、彼が咳のためにロンドンで一晩中眠れなかった話を聞かされると、彼女はいたく同情した。「本当に大変でしたわね。南の部屋を換気しますから、そちらにあなたの部屋を替えましょう。温かい牛乳に浸したパンを夜食に召し上がりますか?」しかし、月末にはどうしても辞めると彼女は言い張った。

昇給の件を持ちだしてみろ、というのがユースタスの助言だった。

でも、無駄だった。メリット夫人はとことん強情だった。ただ、ガーグレイヴ卿の女中頭を務めたことのあるゴダード夫人という女性を知っており、その給料でならここに来てくれるかもしれないとメリット夫人は答えた。

その夜、図書室にコーヒーを運んできた執事に、ユースタスは「召使たちはいったいどうしたんだい、モートン？」と訊ねた。「メリット夫人が辞めたいというのはどういうことなんだ？」

「ちょうどわたしからお話し申し上げようとしていたところです。実は告白せねばならないことがございます。あの机を開《あ》けてネズミの入った箱を取りだせというご主人様のメモを見つけると、わたしはご指示通りに机の錠を壊しました。喜んで壊したというところでしょうか。というのも、箱の動物が大きな音を立てるのが聞こえ、腹を空《す》かせていると思ったからです。箱を机から取り出し、檻を取りにいって、さて移そうとしたときに、動物は逃げてしまったのです」

「いったい何の話をしている？　そんなメモなど書いた覚えはない」

「お言葉ですが、ご主人様がソーンダーズ様と出発された日に、この図書室の床に置いてありました。今わたしのポケットに入っております」

たしかにユースタスの筆跡のように見えた。鉛筆で書かれており、前置きもなく始まっている。ユースタスはメモに目を通した。

モートン、ハンマーか何かで図書室にある古い机の錠を壊せ。中にある箱を取り出すのだ。それだけでいい。箱の蓋は既に開いている。

ユースタス・ボールソーヴァー

「で、机を開けた?」

「はい。ところが、檻を用意している隙に動物は飛び出してしまいました」

「どんな動物が?」

「箱の中の動物です」

「どんな外見だった?」

「いや、説明できません」とモートンが自信のなさそうな口調で答えた。「背を向けておりましたもので。目をやったときには図書室を既に半分くらい移動していました」

「色はどうだった?」とソーンダーズが訊ねた。「黒かったか?」

「いえいえ、灰色がかった白でした。とても奇妙な具合に這っていました。尻尾はなかったように思います」

「その後で、どうした?」

「つかまえようとしました。でも、駄目でした。そこで、ネズミ捕りを仕掛けて、図書室を鎖《とざ》しました。ところが、女中のエマ・レイドローが図書室を掃除する際に扉を開け放しておりましたので、あれは逃げてしまったにちがいありません」

「あの動物が女中たちを怖がらせているというのが、おまえの考えなんだね？」

「いいえ、ちがいます、そうではございません。女中たちの話では――何とも申し上げにくいのですけれど――目撃したのは手だったと。エマは階段の上り口でそれを踏んづけてしまい、色は白いけれども、身動きできなくなったヒキガエルだと最初は思ったようです。いっぽう、パーフィットの場合は、夕暮れが迫る頃、ぼうっとして流し場で皿を洗っていたときのことでした。濡れた両手をぼんやりしながらローラー式タオルで拭いていたら、誰か別人の手も拭いているのに気づきました。それは彼女の手より冷たかったそうで」

「そんなばかな！」とソーンダーズが大声をあげた。

「まさしく仰せの通りです。とはいえ、彼女の口をふさぐわけにはまいりませんので」

「おまえは信じていないだろうな？」と、急に執事のほうを向いてユースタスがいった。

「わたしですか？　もちろん信じてなどおりません。何も目にしていませんから」

「音はどうなんだ?」

「はあ、強いて話せとおっしゃるなら、ベルが妙なときに鳴って、行ってみても誰もいないということはございます。夜分にブラインドを下ろしにいくと、誰かが先回りしているということも再々ございます。ただし、メリット夫人にも申しているのですが、若いサルなんぞはあっと驚くような芸当ができますし、以前からボールソーヴァー様が屋敷に奇妙な動物を持ち込んでおられるのは周知の事実ですから」

「モートン、結構だ、もう下がっていい」

執事が出ていくと、ソーンダーズは「どう思う?」と口を開いた。「つまり、きみが書いたとモートンが主張するメモの件だよ」

「ああ、それはごく簡単に説明できる。メモの書かれた紙を見てくれ。それはずいぶんと前に使うのをやめたけれど、あの古机に使い残しの便箋や封筒を蔵《しま》いこんだままになっている。いっぽう、このまえ箱を机の中に戻して鍵をかけたときには、蓋をネジでとめなかった。だから、箱を抜け出た手は鉛筆を見つけると、メモを書いて机の裂目から床に落とし、モートンが拾ったという次第さ。明々白々だ」

「でも、あの手に字が書けるわけがない!」

「書けないだって? ぼくとは違って、きみはあの手がやってのける芸当を目《ま》の当たりにしていないからな」そこでユースタスは、イーストボーンのおじ宅で起こったことの詳細をソーンダーズに話してきかせた。

「なるほど――」とソーンダーズがいった。「そうすると、遺言の件に関しては、少なくとも説明がつくわけだ。つまり、おじさんが知らないうちに、あの手が勝手に弁護士宛ての書簡をしたためて、自分をきみに贈るよう指示した。この要請にはおじさん自身はぼくと同じく何の関わりもなかったというわけだ。実のところ、彼は自動筆記現象が発現しているのを漠然と悟って、恐れていた節がなくもないようだね」

「あれがおじじゃないとすると、いったい正体は何だろう？」

「肉体を離れた霊がおじさんを操り、霊自身が使えるようにおじさんの手を調教した――こんなふうに解釈する連中もおそらくいるだろう。今や、その霊は手の中に入り込んで、みずから活動を始めたのだと」

「ともかく、いったいどうすればいい？」

「監視を怠らずにいて――」と、ソーンダーズが答えた。「何とか捕まえることにしよう。それが無理だとすると、いわばゼンマイ仕掛けのゼンマイがほどけるまで待つほかあるまい。つまるところ、血の通った本物の手なら、いつまでも命が続くわけがない」

続く二日間は何も起こらなかったが、三日目、ソーンダーズはあれが玄関広間の階段の手摺を滑るようにして下りてくるところを目にした。だが、不意をつかれたので、すぐには追いかけることができず、結局、見失ってしまった。さらに三日後の夜、今度は、図書室で書きものをしていたユースタスが、部屋の奥で、開いた本の上に鎮座する姿を目撃した。指が本の頁を這いまわり、まるで読んでいるかのようだった。しかし、ユースタスが席から立ち上がるより先に、手は動きを察知してカーテンを登っていった。三本の指で天井蛇腹《コーニス》につかまりながら、親指と人差し指を弾《はじ》いて、こちらを軽蔑、嘲笑するような仕草をするのを、ユースタスは嫌悪感をあらわにして眺めた。「もう腹をくくったぞ」と彼は声をあげた。「屋外に誘《おび》きだせたら、犬に襲わせてやる」

この策を彼はソーンダーズに伝えた。

「それは名案だ」と相手は応じた。「でも、屋外に出てくるまで待つ必要はない。さっそく犬を連れてこよう。屋敷にはテリアが二匹いるし、さらに番人が飼っている雑種のアイリッシュ・テリアもいる。あいつはネズミに電光石火の速さで飛びかかるぞ。きみの可愛がっているスパニエルは気が弱いから、この種の仕事には向いていないな」

ふたりは犬を室内に入れた。雑種のアイリッシュ・テリアはスリッパを噛みちぎり、二匹のテリアは食卓で給仕をしていたモートンをよろめかせた。しかし、三匹の犬の好きにさせた。たとえあてにならなくても、防衛策をまったく講じないよりはましだから。

何も起こらずに二週間が過ぎた後で、手は捕えられた。ただし、犬ではなくメリット夫人のオウムのおかげだった。この鳥は、餌箱と給水箱を固定するピンを外して、檻の横側にある穴から定期的に逃げ出す習性があった。いったん自由になると、オウムのピーターは檻に戻ろうとはせず、しばしば何日もの間、屋内を移動する。ここ六週間というもの檻に閉じ込められていたピーターは、檻の閂《かんぬき》を外す新たな方法を発見してふたたび自由の身となり、綴織《つづれおり》のカーテンの「森」を探検し、天井蛇腹や額長押《がくなげし》にとまって解放を祝する歌声をあげた。

夕暮れ頃にメリット夫人が脚立《きゃたつ》を持って書斎に入ってくると、ユースタスは「捕えようとしても無駄だよ」と声をかけた。「ピーターは放っておけばいい。餌をやらなければ降参するさ。ピーターが空腹を訴えるからといって、あいつが食べられるようにバナナや種子《たね》をあちこちに置いてまわってはいけない。甘やかしすぎだね」

「それはともかく、旦那さま、額長押にとまってしまったから、もはやつかまえようがありません。ここを出られるときには、ドアを閉めていただけませんか？　今夜、肉を仕掛けた檻を運びこむことにしますわ。ピーターは肉がとっても好物なんですの。ただ、肉を食べると、自分の羽根を引き抜いて、その根元をしゃぶります。大方の説では、肉を――」

「もういいよ」とユースタスはさえぎった。執筆に忙しかったからだ。「それでうまくいくだろう。オウムは見張っておくから」

だが、書斎が静かになったのは束の間にすぎなかった。

「かわいそうなピーターを掻いてやれ！」とオウムが叫んだ。「ピーターを掻いてやれ！」

「うるさいぞ、バカ鳥め」

「かわいそうなピーター！　ピーターを掻いてやれ！　引っ掻け！」

「つかめるものなら、おまえの首をへし折ってやるんだが」といって、ユースタスが額長押を見上げると、そこには手がいた――人差し指、中指、くすり指で留め金を握り、小指でゆっくりとオウムの頭を掻いている。ユースタスは呼び鈴のスイッチに駆け寄ると強く押してから、今度は書斎を急いで横切って窓を勢いよく閉めた。音に怯えたオウムが飛び立つ体勢に入ろうとして羽根を震わせた瞬間、その首を手の指がつかんだ。部屋を飛びまわりながら、ピーターは甲高い叫び声をあげた。ぐるぐると旋回を続けたけれど、体にまとわりつく手の重みでどんどん下降していく。やがて、オウムはばたりと床に落ちた。手の指とオウムの羽根がひとつに絡まり合った塊となっているのがユースタスの目に映った。指がオウムの首を締めあげたので、闘争は唐突に終りを告げた。鳥は眼を剝《む》いて白目があらわになり、息を詰まらせたような微《かす》かなごろごろいう音を洩らす。指が鳥の首を離す余裕を与えず、ユースタスは一気呵成に手を捕まえた。

呼び鈴に応えて書斎に入ってきた女中に「ソーンダーズをすぐに呼んできてくれ」とユースタスは命じた。「急ぎの用があると伝えるんだ」

彼は手を携えて暖炉に向かった。手の甲のオウムの嘴《くちばし》が嚙んだ箇所にはぎざぎざの傷がついていたが、血は滲みでていない。爪が以前より伸びて変色しているのに気づいて、彼は嫌悪感を覚えた。

「このぞっとする生き物は焼いてしまおう」と彼は声をあげた。だが、できなかった。火中に投じようとしたのだが、まるで太古の原始的な感情に衝《つ》き動されたかのように、彼自身の手がその行動を許さなかった。かくて、書斎にやってきたソーンダーズが目にしたのは、あの手をつかんだまま決断できずにいる、顔面蒼白のユースタスだった。

「とうとう捕まえたぞ」と、勝ち誇った口調で彼はいった。

「やったな。ちょっと見せてくれ」

「手が動けるうちは駄目だ。釘とハンマー、それに板を持ってきてくれ」

「しっかりつかんでいられるか？」

「ああ、今はぐにゃりとしている。たぶん、オウムのピーターを絞め殺すのに力を使い果たしたんだろう」

「これから――」と、ハンマーなどを持って戻ってきたソーンダーズが訊いた。「どうする気だい？」

「まず釘を打ち込んで、逃げ出さないようにする。そうすれば、じっくり調べられるだろう」

「自分でやってくれたまえ」とソーンダーズが応じた。「学問上の必要とあらば、実験用モルモットをときにひどい目にあわせる手助けを厭《いと》いはしない。ひとつには、モルモットが復讐してくる恐れはないからね。でも、こいつは違う」

「臆病者め！」と、異様に興奮した笑い声をあげながらユースタスがいった。「さあ、見るがいい」釘を打ち込まれた手は苦しそうに痙攣して、釣り針の先につけられたミミズのように、くねくねとのたくり、のたうちまわった。

「ほう――」とソーンダーズがいった。「自分でやってのけたな。じゃあ、調べるほうも自分でやってくれ」

「まだ用は済んでいないぞ！　覆うんだ！　こいつに布をかけろ！　ほら！」こう言いながら、ユースタスは椅子の背カバーを剝ぎとると、手を打ちつけた板を包みこんだ。「ぼくのポケットから鍵を取って、金庫を開けてくれ。金庫の中身は外に放りだせ。うわ！　こいつ、のたくったあげくに、もつれてきたぞ。早く金庫を開けろ！」

彼は手を金庫に放りこむと、ばたんと閉めた。

「ここに保管しておけば、そのうち死ぬだろう」と彼はいった。「何があろうと、金庫の扉は二度と開けるものか」

＊　＊　＊

月末にメリット夫人が辞めていったが、使用人たちの扱いにかけては、後任のハンディサイド夫人のほうが達者なのは疑えなかった。着任後ほどなく、彼女はたわごとは受けつけないと宣言したので、噂話はすぐに減って消え失せた。

「近々にユースタスが結婚しても驚きではないけれど――」とソーンダーズはひとりごちた。「ぼくとしては遅いほうがいいな。彼とはあまりに気心が知れているから、ボールソーヴァー夫人となる女性には嫌われるだろう。よくある話さ――ゆっくりと築きあげられた長きにわたる友情も、結婚が介入するや、あっという間に忘却さ」

しかし、ユースタスは妻を娶《めと》れという亡きおじの言葉に従わなかった。昔ながらの習慣がゆるやかに復活してきて、彼の新たな経験を覆い隠した。気難しさが少しは減り、地方の社会で彼の一族に与えられた役割を果たそうとする傾向が顕著になった。

そうこうするうちに、強盗事件が起こった。複数の男たちが屋敷に隣接する温室から侵入したらしい。ただし、実のところは、強盗未遂に近かった。というのも、犯人たちは食器室から数枚の皿を奪うのに成功したにすぎないからだ。書斎に置かれた金庫が開けられて空《から》の状態で発見されたのは事実だったが、ボールソーヴァー氏が警部に語るところでは、ここ半年というもの貴重品は金庫にいっさい入れていないということだった。

「被害が軽くて幸いでしたね」と警部は応じた。「手口から判断すると、おそらく金庫破りに熟達した連中です。仕事をちょうど始めようとしたとき、警報装置が鳴るのに気づいたにちがいありません」

「ええ」とユースタスはいった。「運がよかったと思います」

「必ずや――」と警部がいった。「犯人を逮捕できるでしょう。先ほど申したように、金庫破りのプロにちがいない。侵入経路や金庫の開け方からして明らかだ。ただ、ひとつだけ納得のいかない点があります。犯人のひとりが無謀にも手袋をはめていないのです。どういう了見なのか見当もつかない。一階のすべての部屋の窓枠に最近ニスが塗られていますが、そこに奴の指紋がついていた。しかも、とても明瞭な指紋だった」

「右手ですか、左手ですか?」とユースタスがたずねた。

「ああ、すべて右手です。それも妙な点だ。無鉄砲な野郎にちがいない。これを書いたのも奴だと考えています」警部はポケットから紙切れを取り出した。「こう書いてある――『抜け出したぞ、ユースタス・ボールソーヴァー。すぐに戻ってくる』。脱獄したばかりの囚人かもしれない。それならば、しょっぴくのがいっそう楽になります。筆跡に見覚えはありますか?」

「いいえ」とユースタスは答えた。「まったくありません」

「この屋敷にはもういられない」と、昼食をとりながらユースタスがソーンダーズにいった。「ここ半年というもの、予想していたより遥かに心地よく過ごしてこられたが、あれをまた目にするという危険を冒《おか》すわけにはいかない。今日の午後、ロンドンに向かうことにする。支度をするようモートンに命じておいてくれ。明後日、車でブライトン（ロンドンから遠くない、イングランド南東端に位置する行楽地）まで来て、ぼくと合流したまえ。この二本の論文の校正刷りも持ってきてほしい。一緒に目を通そう」

「どれくらいの期間、屋敷を離れるつもりだい？」

「まだ確言できないけれど、短期間ではないと考えて準備してほしい。この夏はずっと仕事にかかりきりだったから、ぼくとしては休暇を取っても当然だと思う。ブライトンに部屋を予約しておくよ。きみは途中でヒッチン（イングランド南東部の町）に一泊するのが便利だろう。〈王冠亭〉に泊まってくれ。そこに電報を打って、ブライトンでの滞在場所を知らせるから」

　ユースタスがブライトンでの滞在に選んだ宿は高台に位置していた。以前にも利用したことがある。経営者はユースタスの大学生時代にコレッジの用務員として勤めており、口の堅い慎重な人物で、素晴らしいことには、腕の立つ料理女と結婚した。部屋は二階だった。ふたつの寝室が奥にあって、ドアなしで繋がっている。「小さいほうの寝室にしか暖炉がないけれど、ソーンダーズ氏にはそちらを使ってもらおう」とユースタスはいった。「わたしは大きいほうにする、浴室がついているからね。ソーンダーズ氏が車で到着するのは何時頃になるかな」

　彼が到着したのは午後七時頃で、体は冷えきり埃まみれで、機嫌が悪かった。「食堂の暖炉に火を入れよう」とユースタスはいった。「食事をしている間に、主人のプリンスに荷解きを始めてもらうよ。ところで、道中はどうだった？」

「ひどいものだよ。道は泥だらけで、とんでもなく冷たい風が一日中吹きつけてくる。七月だというのにね。ああ、愛《いと》しきイングランドよ！」

「たしかに――」とユースタスが応じた。「いつそのこと、愛しきイングランドを数ヶ月離れるほうがいいのかもしれない」

十二時を過ぎると、ふたりはそれぞれの寝室に入った。

「体が冷えるわけがないじゃないか、ソーンダーズ」とユースタスが声をかけた。「裏地が毛皮のそんな立派なコートをめかしこんでいたんだから。考えてみると、きみはずいぶんと贅沢だな。たとえば、手袋。そいつをはめていて、どうして寒いなんてことがある？」

「でも、運転にはとても不便だよ。自分ではめてみればわかるさ」ソーンダーズは手袋をユースタスのベッドのほうに放り投げると、鞄から身の回りの物を出す手を休めなかった。一分後、彼は甲高い恐怖の叫びを耳にした。「なんてことだ」という声が聞こえた。「あれが手袋の中に！　早く来てくれ、ソーンダーズ！　早く！」これにどすんという音が続く。ユースタスがあれを投げつけたのだ。「浴室に放り込んだぞ」

と、喘《あえ》ぎながらユースタスはいった。「壁にぶつかってから、浴槽に落ちた。後生だから、すぐに来てくれ」火のついた蠟燭を手にして、ソーンダーズは浴槽の内部を覗いた。たしかにあれはそこにいる——傷ついて力を失い、音も立てず前後不覚の状態で、中央にはぎざぎざの穴が空いている。よろめくように這いながら浴槽の滑りやすい内側を登ろうとしては、そのたびに力なく落ちるだけだ。

「何もせずに動かないでくれ」とソーンダーズがいった。「ぼくの寝室からカラー入れか何かを空にして持ってくる。そこにあれを閉じ込めよう。ぼくが離れても浴槽から抜け出す気づかいはない」

「いや、とんでもない」とユースタスが叫んだ。「浴槽から出てくるぞ。浴栓の鎖を伝って上がってくる。くそ、穢《けが》らわしいやつめ、そうはさせるか！　戻ってこい、ソーンダーズ！　逃げてしまう。ぐにゃぐにゃして、うまくつかめない。いまいましい指め！　何をぼんやりしている、窓を閉めるんだ！　あっ、逃げてしまった！」

窓の下の硬い鋪道に物が落ちる音が聞こえ、思わず後ずさったユースタスはそのまま気を失った。

＊　＊　＊

二週間というもの、彼は寝たきりだった。

「診断の下しようがありませんな」と医者はソーンダーズに告げた。「ボールソーヴァー氏は何らかの大きな精神的ショックを受けたのだと推測できるだけです。看護の助けをしてくれる人物をわたしのほうで手配する許可をいただきたい。ところで、暗闇にひとりでいたくないという彼の妙な願いは、何があっても叶えてあげるように。わたしがあなたの立場なら、夜通し蠟燭をつけておきますね。ただし、彼に必要なのは新鮮な空気です。開け放った窓を嫌うというのはばかげている」

しかし、ユースタスはソーンダーズ以外の誰も身辺に近づけようとしなかった。

「看護人なんていらない」とユースタスはいった。「そいつらはどうにかしてあれをこっそり持ちこんでくる。ぼくにはわかっている」

「心配しなくていいよ。こんなことがいつまでも続くわけがない。今回は、きみと同じく、ぼくもはっきりと見た。以前の半分ほども、すばしこくなかった。さほど長く生命を保っていられないだろう。とりわけあんなに派手に落下した後ではね。舗道にぶつかる音は、この耳で聞いた。きみがいくらか元気になったら、すぐにここを出よう――鞄も荷物も置き去りにして、着のみ着のままで。そうすれば、あれはどこにも身を潜めることはできないだろう。あれから逃げられる。次の滞在先を教えないでおけば、後で荷物が届くこともない。元気を出すんだ、ユースタス！　一、二日すれば、出発できるくらいには回復できるよ。明日はきみを車椅子に乗せて外出していいと、医者もいっている」

「ぼくがいったい何をしたというんだ？」とユースタスがたずねた。「あれはどうしてぼくを追いかけてくる？　他の連中に較べて、ぼくがとりわけ悪人というわけではあるまい。ぼくがきみより悪人というわけでもなかろう、ソーンダーズ。それはきみも知っての通りだ。サンディエゴでのやばい件の張本人はきみだったし、もう十五年も前のことだ」

「もちろん、それとは関係ない」とソーンダーズが答えた。「ぼくたちは二十世紀に生きているんだよ。昔の罪がいつかは露見するなんていう考えは、牧師だって捨ててしまった。きみに図書室で捕えられる前から、あれは純然たる悪意に満ちていた――きみにだけじゃなく、あらゆる人間に対する悪意だ。ただ、きみに釘で突き刺されてからは、他の人間は忘れて、きみだけに狙いを絞りはじめたのさ。半年近く金庫に閉じ込められたのだから、復讐を考えるには充分な時間だろう」

ユースタス・ボールソーヴァーはこの部屋を去る気はなかった。しかし、ブライトンからすぐにでも出ていこうというソーンダーズの提案には一理あると思った。彼はめきめき体力を回復していった。

「九月一日に出発しよう」と彼はいった。

＊　＊　＊

八月三十一日の夜は息苦しいまでの暑さだった。日中こそ窓は開け放たれていたが、夕暮れの訪れる一時間ほど前に閉められた。ずいぶんと前から、プリンス夫人は二階の紳士たちの不思議な習慣を訝《いぶか》しむのをやめていた。彼らがやってきてすぐに、ふたつの寝室の重いカーテンは下ろしておくよう指示されたし、寝室は日毎にがらんとしていくように思えた。室内には何も転がっていない。

「ボールソーヴァー氏はどこにも埃がたまってほしくないんだよ」と、ソーンダーズは言い訳していた。「部屋の四隅がすべて見渡せるようにしたいのさ」

三十一日の夜、彼は「少しは窓を開けていいかい？」とユースタスに訊いた。「灼《や》けるように暑い」

「だめだ、そのままにしておけ。ぼくたちは衛生講習を受けたての寄宿学校の女学生じゃないんだぞ。チェス盤を出してくれ」

ふたりは腰を下ろしてチェスを始めた。十時にプリンス夫人が手紙をもって寝室の戸口にやってきた。「すぐにお届けできなくて、申し訳ありません」と彼女はいった。「郵便受けに入ったままになっていたものですから」

「ソーンダーズ、開封して、返信が必要かどうか確認してくれ」

短い文面だった。住所も署名も入っていない。


以前の面会の約束を果たすのに、今夜十一時は好都合だろうか？


「差出人は誰？」

「ぼく宛てだった」とソーンダーズは答えた。「プリンス夫人、返信は不要だから」というと、彼は手紙をポケットにしまった。

「仕立屋からの請求だよ。ぼくたちが出ていくという話を聞きつけたにちがいない」

巧みな嘘だったので、ユースタスはそれ以上何もたずねなかった。ふたりはチェスを続けた。

部屋の外の踊り場で、箱型の大時計が微かな音で秒を刻み、十五分ごとに大きな音を立てるのが、ソーンダーズには聞こえた。

「王手《チェック》！」とユースタスが声をあげた。時計は十一時を告げた。それと同時に、ドアをノックする音がした。ドアのいちばん下のほうから聞こえるような気がする。

「誰だい?」とユースタスがたずねた。

答えはなかった。

「プリンス夫人、あなたかい?」

「彼女は三階にいる」とソーンダーズがいった。「部屋を歩きまわっているのが聞こえるよ」

「じゃあ、ドアに鍵をかけて、閂もしてくれ。ところで、きみの番だよ、ソーンダーズ」

ソーンダーズがチェス盤をじっと眺めている間に、ユースタスは窓まで行くと掛け金を調べた。浴室とソーンダーズの寝室の窓も同じように調べた。三つの部屋の間にドアはなかったけれど、あったとしたらそれも閉めて施錠していただろう。

「おいおい、ソーンダーズ」と彼はいった。「次の手を一晩中考えるつもりかい。ぼくはもう煙草を一本喫《す》いおえたよ。病人を待たせてはいけない。負けを認めるんだな。おや、あれは何だ?」

「風に吹かれた蔦《つた》が窓にあたっているのさ。さあ、今度はきみの番だ、ユースタス」

「蔦なんかじゃない!　誰かが窓を叩いていた」彼はブラインドを上げた。窓ガラスの外側には、窓枠にしがみついた手があった。

「あれが持っているのは何だろう?」

「ポケットナイフだ。掛け金を刃先でこじあけようとしている」

「では、好きにやらせておくさ」とユースタスが応じた。「掛け金はネジ留め式だから、それでは外れない。ともかく鎧戸を閉めておこう。また、きみの番だぞ。こっちはもう打った」

だが、ソーンダーズはもはやチェスに集中できなかった。恐怖心を突然なくしてしまったように思えるユースタスが彼には理解できなかった。「ワインでも飲まないか?」と彼はたずねた。「きみはえらく冷静に受けとめているようだけれど、正直に白状すると、ぼくは怖くてしかたがない」

「怖がる必要なんてない。あの手には超自然的なところは皆無なんだよ、ソーンダーズ。つまり、時間と空間の物理法則に縛られているらしいということだ。空中に消えたり、樫の厚いドアをすり抜けるような代物ではない。だからこそ、中に入れるものなら入ってこいと、ぼくは挑発しているのさ。ぼくたちは明朝にはここを出ていく。ぼくとしては、恐怖の底を既に極めたというところだ。グラスにワインを注げ! 窓の鎧戸はすべて閉めたし、ドアには錠と閂がかかっている。エイドリアンおじさんに乾杯！　さあ、飲めよ。何をぐずぐずしている？」

ソーンダーズはグラスを途中まで上げた姿勢で立ちつくしていた。「あれは侵入できる」と彼はかすれた声でいった。「侵入できるぞ！　大事なことを忘れていた。ぼくの寝室には暖炉があるから、煙突を伝って入ってくる」

隣りの寝室に駆け込みながら、「急げ！」とユースタスが叫んだ。「一刻の猶予もできない。どうすればいい？　暖炉に火を入れよう、ソーンダーズ。早く、マッチをよこせ！」

「ここにはない。きみの寝室から取ってくる」

「頼むから、急いでくれ。本棚を探せ！　浴室を探せ！　おい、交替しよう、ここに立っていてくれ。ぼくが探してくる」

「急げ」とソーンダーズが叫んだ。「何か音が聞こえるぞ」

「ベッドからシーツを引き剝がして煙突口をふさげ。あっ、ここにマッチが」床の割れ目にもぐりこんでいたマッチを、ユースタスはようやく発見した。

「暖炉を燃やす準備はできたか？　よし。だが、うまく火が点かないかもしれない。そうだ、あの古い読書用ランプの油と脱脂綿を使おう。ほら、マッチだ。暖炉からシーツをどけろ！　もう必要ない」

いくつもの炎が勢いよく上がると、ごうごうという大きな音が火格子から発せられた。ソーンダーズはシーツを取り出そうとしたけれど、わずかの差で遅かった。ランプの油を浴びたので、シーツも燃え上がっていた。

毛布で叩《はた》いて火を消そうとしながら、ユースタスが「建物ぜんたいに火がまわってしまう！」と叫んだ。「だめだ！　どうしようもない。ソーンダーズ、ドアを開けて助けを求めろ」

ソーンダーズはドアに駆け寄ると、がちゃがちゃと閂を外したが、鍵は錠にかたく挿《さ》さったまま回らない。「急げ」とユースタスが叫んだ。「さもないと、炎の熱さに耐えられない」鍵がようやく回った。ほんの一瞬、ソーンダーズは立ちどまり振り返った。後になると自分が目にしたものに自信が持てなくなったけれど、しかし、そのときには、何か黒焦げになったものがいくつもの炎の塊の中からユースタス・ボールソーヴァーに向かってゆっくりと、とてもゆっくりと這っていくのが見えた気がした。友人のところに戻ろう、そうちらりとだけ思ったものの、炎のあげる音と臭いに追いたてられて、彼は廊下を走り、「火事だ！　火事だ！」と叫んだ。電話機に辿り着き救助を頼んでから、彼は水を求めて浴室まで戻ろうとした――もっと早くに思いつくべきだった。寝室に突進すると恐怖の叫び声が聞こえたが、不意に熄《や》み、次にはどさりと倒れる音がした。

＊　＊　＊

以上は、ロンドン郊外にある二流校の古参の数学教師から、土曜日の夜ごとに続けて聞かされた話である。ソーンダーズとこうして出会えたのは、以前の暮らしぶりに較べると性《しょう》に合わないと端《はた》から見れば思えるような仕事で、彼が生計を立てる必要に迫られたからだ。わたしがエイドリアン・ボールソーヴァーの名前を偶然口にしたことがあって、そのときは、どうして驚くほど唐突に彼が話題を変えたのか不思議に感じたけれど、一週間後、ソーンダーズは自分の来歴を少しずつ語りはじめた。とても浅ましい話だったが、それでも黙して触れない部分があり、これはわたしには十分納得できた。というのは、彼は自分の欠点を隠すだけでなく、亡き友の欠点も隠さねばならなかったからである。最後に起こった悲劇については、当初、彼はとりわけ話すのを嫌がった。これまでの頁で綴ってきた物語は、本当に徐々に何とかまとめあげたものだ。ソーンダーズは何らかの結論を引き出す気にはなれないようだった。指のあるけだものに命を吹き込んだのはシギスマンド・ボールソーヴァーの霊だと、彼は一時期は考えていた。十八世紀に生きた邪悪な先祖で、伝承によれば、湖を見晴らす場所に醜悪な異教の神殿を建て、そこで崇拝儀礼をおこなったという人物である。いっぽうで、ユースタスがかつて実験室の助手として雇った人物の霊だと信じていた時期もあった。彼の言葉をそのまま引くならば、「悪意に満ちた、黒髪の極悪人」で、「かかりつけの医者を呪いながら死んだ。というのは、病気を治してもらえなかったので、ボールソーヴァーに対するつまらぬ遺恨を果たせずに終わった」からだという。

同時代の直接的証拠という観点からすると、ソーンダーズの話は実質的には何の確証もない。話に出てくる書簡類はすべて破棄されてしまった。唯一の例外は、ユースタスが最後に受け取った短い手紙である（厳密にいうなら、ソーンダーズが横取りしなければ、ユースタスが受け取っていたであろう手紙）。これをわたしは自分の目で見た。筆跡は薄く、震え気味で、つまり老人の筆跡だった。「面会の約束（appointment）」という言葉のeにギリシャ語のε《エプシロン》が用いられていたのが記憶に残る。当時面白く思ったのは、ソーンダーズがこの手紙を聖書の頁の間に挟んで保存していた点だった。

わたしはエイドリアン・ボールソーヴァーには幼い頃に会ったことがある。ソーンダーズとは深く知り合うにいたった。しかしながら、この話に登場する第三の人物、つまり執事のモートンと出会ったのはまったくの偶然で、意図したわけではない。ある日曜日の午後、ソーンダーズとわたしがロンドン動物園を歩いていたとき、ソーンダーズは爬虫類館の扉の前に立つ老人にわたしの注意を向けた。

「おや、モートンじゃないか」といいながら、彼は老人の背を軽く叩いた。「世間様はおまえに優しくしてくれるかい?」

「いえ、さっぱりですよ」と老人は答えつつも、旧知との出会いに顔が明るくなった。「近頃ときたら冬ばかりがだらだらと続いて、春も夏もないような気がします」

「探しているものはまだ見つからないんだね?」

「ええ、まだです。でも、そのうち見つかりますよ。ボールソーヴァー様は奇妙な動物を飼っていたと、わたしは皆に常々いっていましたからね」

老人と別れてから、わたしは「奴は何を探しているんだい?」とたずねた。

「五本指のけだものさ」とソーンダーズは答えた。「今日の午後は爬虫類館に入ったから、探すのは手のあるトカゲになるだろう。来週には、胴体がほとんどない猿になるだろう。奴ときたら生まれついての唯物論者だからな」

訳者解説

本書『五本指のけだもの』は、イギリスの作家ウィリアム・フライアー・ハーヴィー（William Fryer Harvey）の遺した怪異譚から九篇を選んで訳出したものである。そのうち三篇は初訳となる。本邦ではハーヴィーの作品は現在にいたるまで散発的な紹介にとどまり、彼が一九一〇年代から三〇年代にかけて創出したユニークな恐怖の世界をまとまったかたちで窺うことがかなわなかった。本書はその欠《けつ》を補うべく企図された。

W・F・ハーヴィーは、一八八五年、イングランド北部ヨークシャーの都市リーズ近郊で生まれた。両親は熱心なクエーカー教徒だった。父ウィリアムは商業を営んでいたが、親戚から大きな遺産を相続して早期に引退、その後は妻と共にもっぱらクエーカー系の慈善活動、社会活動に打ち込む。ハーヴィーを含めて七人の兄弟姉妹が大きな屋敷で過ごした裕福で幸福な幼年時代は、死の一年前に上梓された回想録 *We Were Seven*（一九三六）で細やかに描きだされている。そこには暗い翳《かげ》はまったく見あたらず、彼は両親の愛情に包まれ敬虔《けいけん》なクエーカー教徒として成長していく。なお、同書によれば、子供の頃のハーヴィーはエドガー・アラン・ポーの作品に魅了されたという。

クエーカー系の学校で教育を受けた後、オックスフォード大学の名門ベイリオル・コレッジに進み、さらにリーズ大学で医学を修めた。彼が創作に手を染めるのは二十歳頃で、最初の短篇小説集 *Midnight House and Other Tales* を上梓するのは一九一〇年、二十五歳のときになる。同書は、彼の作品のなかでおそらく最も広く読まれてきた**「炎暑」**、そして**「セアラ・ベネットの憑依」**を収める。

一九一四年に第一次世界大戦が勃発すると、クエーカーが設立した医療ボランティア団体に加わって大陸に渡り、後には軍医として英国海軍で働いた。大戦末期の一九一八年、彼はアルバート勲功章を授けられる。これは勇敢な人命救助をおこなった者に与えられるメダルで、駆逐艦で事故が起きた際に身を挺して船員を救ったからである。ただし、このとき肺に吸い込んだ油煙のために、医学生時代から病弱だったハーヴィーの体調はいっそう悪化する。大戦終結後に彼は結婚、また、以前から関わっていた成人教育活動に専念した。

他方で、彼は一九一九年には「炎暑」と並んで知名度の高い**「五本指のけだもの」**、二〇年には**「道具」**を発表した。二〇年には二冊目の著書 *The Misadventures of Athelstan Digby* も上梓するが、これはミステリ系の連作短篇集である。

健康が回復しないため、ハーヴィーは一九二五年に四十歳という年齢で引退を余儀なくされ、以降は療養生活を送ることになる。ただし、筆を絶ったわけではなく、余技作家としての活動は続ける。一九二八年には *The Beast with Five Fingers and Other Tales*、三三年には *Moods and Tenses* が刊行された。前者は「五本指のけだもの」の他に「道具」、**「ミス・コーニリアス」**、**「ピーター・レヴィシャム」**、**「ミス・アヴェナル」**、**「アンカーダイン家の専用礼拝席」**など超自然色の濃い秀作を多く含む。後者は**「追随者」**を収める。

その後も *The Mysterious Mr. Badman* という長篇ミステリ、児童向けの物語、クエーカー関連のエッセイ集、前述の回想録 *We Were Seven* などを続けて上梓するが、一九三七年に五十二歳でこの世を去った。

没後約十年経った一九四六年、彼の怪異譚及び境界線上に属する作品から二十篇を

選んだ *Midnight Tales* が出版され、五一年には単行書未収録の作品を中心に集めた短篇集 *The Arm of Mrs. Egan* が刊行されている。なお、*Midnight Tales*（アメリカ版およびイギリスでの再版の題名は *The Beast with Five Fingers*）を除けば、ハーヴィーの怪談を集成した本は英米でも長らく編まれることがなく、その状態が解消されるのは二十一世紀に入ってからである。

＊　＊　＊

以下、本書に収録した作品について若干の解説を付しておく。なお、筋の細部や結末に触れる場合もあるので、作品を未読の方は何卒ご注意いただきたい。

「炎暑」 は、ドロシー・L・セイヤーズが編んだ里程標的アンソロジー *Great Short Stories of Detection, Mystery and Horror*（一九二八）に採られており、以降、怪奇小説傑作選の類《たぐい》には頻繁に収録されてきた。日本語に直して五千字に満たない短い作品だが、自分の墓碑銘が既に刻まれているという展開を経て禍々《まがまが》しい幕切れにいたる。セイヤーズのアンソロジーでは「宿命、命運の物語」のカテゴリーに入れられており、そのようなかたちで記憶にとどめる読者も多いかもしれない。あるいは、観点を変えれば、結びの文に明らかなように、狂気をめぐる物語である。また、見逃されがちなのは、芸術家の想像力によって創造されたもの――「炎暑」の場合は、語り手の画家が冒頭で描いた絵――が現実と化すというモチーフが潜んでいる点だろう。

この作品の本邦初訳は、江戸川乱歩編『世界大ロマン全集二四巻 怪奇小説傑作集I』（東京創元社、一九五七）に収められた「炎天」とされている。訳者は平井呈一。小学五年生か六年生の頃に、わたしはこの本で初めてハーヴィーの作品に出会った。後に創元推理文庫の『怪奇小説傑作選1』（東京創元社、一九六九）に収録され、広く流布した。二〇〇〇年代以降にも複数の新訳が出ている。

ちなみに、管見の及んだ限りでは、「炎暑」には、平井の翻訳に先行して、「陳情書」（一九三四）などの怪奇小説で名を残す西尾正の翻案「八月の狂気」（一九四七）が存在する。ただし、あくまで自由な翻案で、筋はかなり改変されている（『西尾正探偵小説選II』［論創社、二〇〇七］所収）。西尾が原文で読んで拝借したのか、戦前の雑誌などに既に翻訳が掲載されていたのかどうかは定かでない。また、現在では広く知られているように、水木しげるの漫画「むし暑い日」（一九六六）は「炎暑」の「忠実」な翻案である。わたしは中学生の時に改題版の「暑い日」（『死者の招き』［朝日ソノラマ、一九六七］所収）を読んだのを憶えている。

「ミス・コーニリアス」では、ポルターガイスト現象の調査という怪奇小説としては月並みな導入から始まった物語が予想外の方向へと進み、衝撃的な結末を迎える。英米ではこれをハーヴィーの怪異譚として最も傑出した作品とみなす意見が多く、わたしも同意するのにやぶさかではない。すべては主人公の妄想なのか否かは意図的に曖昧なままにされており、狂気、異常心理を扱った作品とする解釈も可能だろう。また、不気味で邪悪な女性というモチーフはハーヴィーの他の短篇、'Mrs. Ormerod' や 'The Arm of Mrs. Egan' にも見られるところだが、どちらも超自然性が稀薄なので本書には収録していない。　後者は「ミス・コーニリアス」の一種の変奏とも呼べる筋立てである。

サイコロジカル・ホラーの先駆的作品と呼べる「ミス・コーニリアス」とはうって変わり、M・R・ジェイムズを彷彿とさせる古典的な怪談といえるのが、古い館を舞台にする**「アンカーダイン家の専用礼拝席」**。とはいえ、宗教色が濃厚で、それは作者の信仰のゆえだろう。

死霊に取り憑かれたクエーカー教徒の女性をめぐる**「セアラ・ベネットの憑依」**では、さらに宗教色が強まる。生前のハーヴィーはクエーカーのコミュニティにおいて模範的な信徒として尊敬を集めていたらしいが、この作品を読むと、内面では宗教上の大きな葛藤、懐疑を抱えた時期もあったのではないかと想像させられる。

主たる語り手をやはり敬虔なクエーカー教徒に設定し、運命、神の摂理と自由意志の問題を主題にすえた**「ピーター・レヴィシャム」**（本邦初訳）も、同じく宗教色の濃い作品に仕上がっている。他方、超越的な力に操られて見知らぬ男を殺害したと主張する牧師を語り手とする**「道具」**は、異常心理、狂信を扱った物語と摂理の物語の両様に読める。この牧師は「炎暑」の墓石屋と重なりあってくるだろう。さらに、昔の雑誌に掲載された物語の内容が現実と微妙に照応する点にも注意されたい。

想像力の産んだ虚構が現実と符合するというモチーフを全面的に展開したのが、小説家を主人公にした**「追随者」**（本邦初訳）。聖堂参事会員と彼に付き添う博士の関係が謎のままに終わっているために不条理性が強まり、いっそう効果をあげている。

異教信仰をめぐる物語**「ミス・アヴェナル」**（本邦初訳）は、アーサー・マッケンを思わせる作品といえよう。他方、生気を奪われるというところに注目すれば、サイキック・ヴァンピリズムを扱った作品となろう。ただし、語り手の女性の妄想なのか現実なのかはここでも宙吊りにされており、他方、邪悪な女性というモチーフにおいては「ミス・コーニリアス」と共通する。

「五本指のけだもの」は、切断された手が凶暴な怪物となって人間を襲うというあからさまな超自然性の点で、ハーヴィーの怪談としてはむしろ異例に属する。また、全篇に漂うオフビートなユーモアのゆえに、一種のブラック・コメディとして読むことも可能だろう。手の「正体」が最後まで曖昧なまま放置されている点は、いかにもハーヴィーらしい。

夙《つと》に指摘されている通り、「五本指のけだもの」は発想としては決して独創的なものではない。たとえば十九世紀だけをとってみても、手をめぐる怪談として著名な作品には、ネルヴァルの「栄光の手」（一八三二、後に「魔法の手」と改題）、J・S・レ・ファニュの「手の幽霊の物語」（長篇『墓畔の家』〔一八六三、邦訳題『墓地に建つ館』〕の第十二章）、モーパッサンの「剝製の手」（一八七五）および「手」（一八八三）などが挙げられよう。ハーヴィーはそのいずれからも影響を受けたのかもしれない。「五本指のけだもの」では動き回る手がヒキガエルとして誤認される場面があるが、それと同様な条《くだ》りが「手の幽霊の物語」に出てくる点は指摘しておきたい。また、手の動きを蟹に喩《たと》える箇所は、「栄光の手」と「五本指のけだもの」の双方に見出せる。

既に記したように、「五本指のけだもの」が発表されたのは一九一九年のことで、*New Decameron* と題する本の第一巻に収録された。これは、ボッカチオの『デカメロン』に倣《なら》って、風変わりな観光ツアーに参加した人々が気晴らしに順番に話をするという形式をとった書物で、ハーヴィーを含めて十一名の作家が短篇を寄せている。興味深いのは、同書では「心霊現象研究家《サイキック・リサーチャー》の物語――五本指のけだもの」と題されていた事実だろう。[*1] これで想起されるのは、手にまつわる怪談としてはマイナーな 'The Adventure of Lady Wishaw's Hand'――作者は長篇怪奇小説『甲虫』（一八九七、邦訳題『黄金虫』）で知られるリチャード・マーシュで、彼の連作短篇集 *Curios: Strange Adventures of Two Bachelors*（一八九八）に収められた。というのは、マーシュの作品には心霊現象の研究に熱心な人物が登場するからである。のみならず、手が郵便で主人公の許《もと》に送りつけられてくるという設定が「五本指のけだもの」と似ている。偶然の一致なのか、あるいは、ハーヴィーはこの短篇も読んでいたのだろうか。

「五本指のけだもの」初出版は、ハーヴィーの短篇集 *The Beast with Five Fingers and Other Tales*（一九二八）に入った際に改訂が施されており、両者には異同がある。本書の翻訳は、明らかな誤りの箇所を除いて改訂版に従った。興味を持たれる読者のために、顕著な相違をかいつまんで紹介しておこう。初出版冒頭は改訂版に比べてかなり長いが、エイドリアン・ボールソーヴァーが右手を語り手の頭に置いて祝福を与えるのは同じである。他方、初出版結末においては、冒頭部のこの箇所との照応が際立って強調されるかたちになっていた。すなわち、改訂版最終行の後、エイドリアンの手で祝福を受けたことで「何か幸運がもたらされたのかい？」とソーンダーズは語り手に問いかけ、以下の文章で物語が閉じられる。

うだつのあがらない失敗した自分の人生を振り返りながら、わたしは「いや――」とゆっくり答えた。「幸運などなかったと思う。だって、彼の右手だったんだよ」[*2]

New Decameron は翌年に第二巻が刊行され、「道具」は同書が初出である。[*3]「心霊現象研究家の第二の物語――道具」と題され、「五本指のけだもの」の場合と同様に、*The Beast with Five Fingers and Other Tales* 収録のヴァージョンとは若干の異同が見られる。たとえば、初出版では、牧師が精神病院の患者だという事実があらかじめ明示されていた。本書は改訂版に従う。

「五本指のけだもの」は、ハーヴィーの死後に編まれた怪談傑作集 *Midnight Tales* 刊行と同年の一九四六年にハリウッドで映画化された。監督はロバート・フローリー、脚本はカート・シオドマク、主演はロバート・アルダ、アンドレア・キング、ピーター・ローレという布陣である。本邦では劇場未公開に終わり、『五本指の野獣』という題名でTV放映されるにとどまったが、欧米圏では、名画座やTVで繰り返し上映、放映されたために、ハーヴィーの作品として知名度において「炎暑」を凌ぐ。

しかし、映画についていうならば、翻案あるいは換骨奪胎の域を通り越して、原作の姿をほとんどとどめておらず、さらにホラーというよりミステリに近い。とはいえ、ローレのファンにはお薦めできる仕上がりとなっている。手の持ち主がピアニストという設定に変えられたのは、フランスの作家モーリス・ルナールの小説『オルラックの手 *Les mains d'Orlac*』（一九二〇）を原作とする二本の傑作映画 *Orlacs Hände*（一九二四、『芸術と手術』、ロベルト・ヴィーネ監督）と *Mad Love*（一九三五、『狂恋』、カール・フロイント監督、ピーター・ローレ主演）から借りたにちがいない。事故で手を失ったピアニストが処刑された殺人犯の手を移植される物語である。

　ともあれ、手が人を襲うというのは視覚面でインパクトがあったためだろう、『五本指の野獣』が後世のホラー映画に与えた影響は少なくなく、*The Crawling Hand*（一九六三）、*Dr Terror's House of Horrors*（一九六五、『テラー博士の恐怖』）の第四話、*And Now the Screaming Starts*（一九七三、『スクリーミング／夜歩く手首』）、*The Hand*（一九八一、『キラーハンド』）、*Idle Hands*（一九九九、『アイドル・ハンズ』）といった系譜を産み出している。[*4]

「五本指のけだもの」の本邦初訳は、『世界恐怖小説全集第4巻　消えた心臓』（東京創元社、一九五九）所収の「五本指の怪物」（大西尹明訳）である。水木しげるはこれもネタとして借用しており、貸本漫画時代の墓場鬼太郎もの『怪奇一番勝負』（一九六二）

が最初らしい。わたしが読んだのは、『週刊少年マガジン』掲載のヴァージョン（一九六五）だったかと思う。子供時代には竹内寛行のいわゆるニセ鬼太郎ものしか触れる機会がなかったからだ。同じく「五本指のけだもの」をネタにしたとおぼしい「手袋の怪」（一九六三）と出会ったのは、大学生になって『水木しげる傑作集2　手袋の怪』（東考社、一九六六）を古本屋で見つけたときのことである。

ハーヴィーの遺した作品にはミステリの範疇に属するものも多く、したがって、彼をもっぱら怪異譚の筆をとった作家として捉えるのは正しくない。*The Misadventures of Athelstan Digby*（一九二〇）は、Athelstan Digby というヨークシャーの年配の富裕な実業家（毛布製造業）が巻き込まれる事件を扱った連作短篇形式のユーモア・ミステリで、時期は第一次世界大戦中に設定。ただし、シリアスなものもいくつか含まれており、そのひとつである最終話 'The Fourteenth Hole' がテーマにおいて「道具」と共通するのは注目されよう。この作品には戦争という大きな問題も絡む。

唯一の長篇 *The Mysterious Mr. Badman*（一九三四）は、やはり Athelstan Digby を主人公とするユーモア・ミステリ。古本屋の店内から幕を開け、ジョン・バニヤンの *The Life and Death of Mr. Badman*（一六八〇、邦訳題『悪太郎の一生』）が重要な役割を果たすため、近年の再刊本ではビブリオ・ミステリと銘打たれているが、実のところ書物趣味、古書趣味には乏しい。また、謎解きの興味も薄い。

ハーヴィーの死後に刊行された *The Arm of Mrs. Egan*（一九五一）に収録の 'Twelve Strange Cases' と題される連作短篇群もミステリに属する。*5 語り手は看護婦で、その点に限れば「ミス・アヴェナル」に類似している。第一話 'The Lake' はG・K・チェスタトンによる序文の付された浩瀚《こうかん》な探偵小説アンソロジー *A Century of Detective Stories*（一九三五）に採られており、邦訳がある。先に触れた表題作 'The Arm of Mrs. Egan' はこの第八話にあたる。また、第三話 'Euphemia Witchmaid' などは、途中まで超自然物語かと思わせる筋書になっている。私見では、この連作短篇がハーヴィーのミステリとしては最も質が高い。

本書の翻訳にあたっては、基本的には *Midnight Tales* (J. M. Dent & Sons, 1946) を底本として用い、必要に応じ、近年に刊行された二冊の集成 *The Beast with Five Fingers* (Wordsworth Editions, 2009) と *Double Eye* (Tartarus Press, 2009) を参照した。聖書からの文語訳引用については、『舊新約聖書』（日本聖書協会、一九七二）を使わせていただいた。

刊行に際しては、伊藤昂大氏（元・国書刊行会編集部）および鈴木冬根氏（国書刊行会編集部）のお世話になった。末筆ながら、ここに記して両氏に感謝する。

二〇二四年五月

横山茂雄

【注】

＊1　ハーヴィーがサイキカル（サイキック）・リサーチ――「心霊現象研究」より「超常現象研究」の訳語の方が原義に近い――にどれほどの関心を抱いていたのかは詳《つまび》らかでない。ハーヴィーよりずいぶん上の世代に属するコナン・ドイルの場合、カトリック信仰を早くに失い、医師開業時代からサイキカル・リサーチに強い興味を抱いて実践もしていたが、一九一七年、五十八歳でスピリチュアリズムに完全に帰依する。拙稿「闇から光明へ――コナン・ドイルとスピリチュアリズム」（『kotoba（コトバ）』［集英社］、二〇一九年夏号）を参照。

＊2　*New Decameron: Volume the First, Containing the Prologue and the First Day* (Oxford: B. H. Blackwell, 1919), p. 70. 本邦初訳の「五本指の怪物」（大西尹明訳、一九五九）は改訂版に拠る。他方、二番目の訳「五本指のけだもの」（鹿谷俊夫訳、一九七二）は、バジル・ダヴェンポートの編んだ怪談アンソロジー *Tales to Be Told in the Dark*（一九五三）収録のヴァージョンに従う。

冒頭部は初出版と同一だが、他方、結末部は「以上は、ロンドン郊外にある二流校の古参の数学教師から……」（本書二二八頁）に始まる後日譚が完全に削除されている。ダヴェンポートはこれが自分の少年時代に読んだヴァージョンだと述べ、しかも、原形だろうと推測しているが、初出版、改訂版のいずれとも異なる。Basil Davenport, ed., *Tales to Be Told in the Dark* (rpr., New York: Dodd Mead & Company, 1964) および矢野浩三郎「監修者あとがき」（『アンソロジー恐怖と幻想　第三巻』［月刊ペン社、一九七一］）を参照。

＊3　*New Decameron* 第一巻、第二巻には、ハーヴィーと並んでドロシー・L・セイヤーズやマイケル・サドラーが執筆しているのが目を惹く。セイヤーズの寄せているのは韻文形式の非常に短いキリスト教寓話。この当時、彼女は二十代後半で、『誰の死体？』によって探偵小説家としてデビューするのは一九二三年のことになる。

＊4　なお、オリヴァー・ストーン監督、マイケル・ケイン主演の *The Hand* は *The Lizard's Tail*（一九七九）というアメリカの小説が原作。

＊5　同書収録の 'Dead of Night' は *The Misadventures of Athelstan Digby* の一篇。

【ハーヴィー著作一覧】（小説に限る。ただし、児童向け物語や死後出版の傑作集などは除く）

Midnight House and Other Tales (1910)
New Decameron: Volume the First, Containing the Prologue and the First Day (1919)（共著）
New Decameron: Volume the Second, Containing the Second Day (1920)（共著）
The Misadventures of Athelstan Digby (1920)
The Beast with Five Fingers and Other Tales (1928)

Moods and Tenses (1933)
The Mysterious Mr. Badman (1934)
The Arm of Mrs. Egan (1951)（死後出版）

【既訳】（★は本書収録作品。遺漏もあるかと思われるが、何卒ご海容いただきたい）

★'August Heat'……「炎天」（平井呈一訳）、『世界大ロマン全集第二四巻　怪奇小説傑作集Ⅰ』（東京創元社、一九五七）、『怪奇小説傑作選1』（創元推理文庫、東京創元社、一九六九）／「八月の熱波」（田口俊樹訳）、ローレンス・ブロック編『巨匠の選択』（ハヤカワ・ミステリ、早川書房、二〇〇一）／「八月の炎暑」（宮本朋子訳）、エドワード・ゴーリー編『憑かれた鏡』（河出書房新社、二〇〇六）、エドワード・ゴーリー編『エドワード・ゴーリーが愛する12の怪談』（河出文庫、河出書房新社、二〇一二）／「八月の暑さのなかで」（金原瑞人訳）、金原瑞人編訳『八月の暑さのなかで』（岩波少年文庫、岩波書店、二〇一〇）

★'The Beast with Five Fingers'……「五本指の怪物」（大西尹明訳）、『世界恐怖小説全集第4巻　消えた心臓』（東京創元社、一九五九）／「五本指のけだもの」（鹿谷俊夫訳）、日本ユニエージェンシー編、矢野浩三郎監修『アンソロジー＝恐怖と幻想　第三巻』（月刊ペン社、一九七一）／「五本指の獣」（金原瑞人訳）、金原瑞人編訳『小さな手』（岩波少年文庫、岩波書店、二〇一二）

★'Miss Cornelius'……「コーネリアスという女」（大西尹明訳）、『世界恐怖小説全集第4巻　消えた心臓』（東京創元社、一九五九）

'The Heart of the Fire'……「ゆらめく炎」（紀田順一郎訳）、『推理界』一九六八年十二月号

★‘Sarah Bennet’s Possession’…………「サラー・ベネットの憑きもの」（平井呈一訳）、『怪奇幻想の文学2　暗黒の祭祀』（新人物往来社、一九六九）、『幽霊島――平井呈一怪談翻訳集成』（創元推理文庫、東京創元社、二〇一九）

★‘The Tool’…………「道具」（八十島薫訳）、『幻想と怪奇』第四号（一九七三）

‘The Lake’…………「みずうみ」（宇野利泰訳）、G・K・チェスタトン編『探偵小説の世紀　上』（創元推理文庫、東京創元社、一九八三）

‘The Clock’…………「旅行時計」（西崎憲訳）、西崎憲編『怪奇小説の世紀　第一巻』（国書刊行会、一九九二）、西崎憲編『怪奇小説日和』（ちくま文庫、筑摩書房、二〇一三）、三津田信三編『怪異十三』（原書房、二〇一八）

‘Across the Moors’…………「荒れ野を渡って」（倉阪鬼一郎訳）、『幻想文学』第五三号（一九九八）

‘The Fern’…………「羊歯」（西崎憲訳）、西崎憲編『英国短篇小説の愉しみ1　看板描きと水晶の魚』（筑摩書房、一九九八）、西崎憲編『短編小説日和』（ちくま文庫、筑摩書房、二〇一三）

‘The Dabblers’…………「ダブラーズ」（大友香奈子訳）、『魔法使いになる14の方法』（創元推理文庫、東京創元社、二〇〇三）

★‘The Ankardyne Pew’…………「アンカーダイン家の信徒席」（野村芳夫訳）、荒俣宏編『怪奇文学大山脈　II』（東京創元社、二〇一四）／「アンカーダイン家の礼拝室」（植草昌美訳）、『ナイトランド・クォータリー　vol. 11』（二〇一七）

【参考文献】

Richard Dalby, ‘William Fryer Harvey’ in E. F. Bleiler, ed., *Supernatural Fiction Writers: Fantasy and Horror*, vol.

2 (New York: Charles Scribner's Sons, 1985).

———, 'Introduction' to W. F. Harvey, *Double Eye* (Leyburn, North Yorkshire: Tartarus Press, 2009).

David Stuart Davies, 'Introduction' to W. F. Harvey, *The Beast with Five Fingers*, selected. David Stuart Davies (Ware, Hertfordshire: Wordsworth Editions, 2009).

William Fryer Harvey, *We Were Seven* (London: Constable, 1936).

Maurice Richardson, 'Introduction' to W. F. Harvey, *Midnight Tales*, ed. Maurice Richardson (London: J. M. Dent & Sons, 1946).

Neil Wilson, *Shadows in the Attic: A Guide to Supernatural Fiction 1820-1950* (Boston Spa and London: The British Library, 2010).

ウィリアム・フライアー・ハーヴィー

William Fryer Harvey　1885-1937

イングランド北部の都市リーズ近郊で、裕福なクエーカー教徒の一家に生まれる。オックスフォード大学ベイリオル・コレッジを卒業、さらにリーズ大学で医学を修めた。第一次世界大戦中には軍医として海軍で働き、勇敢な人命救助をおこなったためアルバート勲功章を授与される。1925年以降は病弱のゆえ療養生活を送り、1937年に52歳で没した。小説家としては怪異もの、ミステリをものし、生前に4冊の短篇集と1冊の長篇を刊行。「炎暑」「五本指のけだもの」は怪異アンソロジーの常連収録作でハーヴィーの代表作。

横山茂雄

よこやま・しげお

1954年生まれ。英文学者。奈良女子大学名誉教授。京都大学大学院文学研究科修士課程修了。博士（文学）。著書に『異形のテクスト』（国書刊行会、1998年）、『神の聖なる天使たち』（研究社、2016年）、『増補　聖別された肉体』（創元社、2020年）など。稲生平太郎名義の著書に『アクアリウムの夜』（角川書店、2002年）、『定本 何かが空を飛んでいる』（国書刊行会、2013年）、『映画の生体解剖』（共著、洋泉社、2014年）など。訳書にJ・G・バラード『残虐行為展覧会』（法水金太郎名義、工作舎、1980年）、マーヴィン・ピーク『行方不明のヘンテコな伯父さんからボクがもらった手紙』（国書刊行会、2000年）、ジョン・メトカーフ『死者の饗宴』（共訳、国書刊行会、2019年）など。

五《ご》本《ほん》指《ゆび》のけだもの
W・F・ハーヴィー怪奇小説集

2024年7月20日　初版第1刷発行

著者　ウィリアム・フライアー・ハーヴィー
訳者　横山茂雄
発行者　佐藤今朝夫
発行所　株式会社国書刊行会
〒174-0056 東京都板橋区志村1-13-15
Tel.03-5970-7421　Fax.03-5970-7427
https://www.kokusho.co.jp
印刷・製本　中央精版印刷株式会社
装幀　山田英春
ISBN978-4-336-07420-1
落丁・乱丁本はお取り替えいたします。

死者の饗宴　〈ドーキー・アーカイヴ〉

ジョン・メトカーフ／横山茂雄 訳・監修／北川依子 訳／若島正 監修

四六変判上製　三二〇頁　定価二八六〇円

978-4-336-06065-5

二十世紀英国怪奇文学の幻の鬼才、知られざる異能の作家メトカーフ。不安と恐怖と眩暈と狂気に彩られた怪異談・幽霊物語・超自然小説の傑作を厳選した本邦初の短篇集。全八篇。

手招く美女　怪奇小説集

オリヴァー・オニオンズ／南條竹則、高沢治、館野浩美 訳

四六変判上製　四六六頁　定価三九六〇円

978-4-336-07294-8

ブラックウッド、平井呈一ら絶賛の〝最も怖ろしく美しい幽霊小説〟と評される名作「手招く美女」など全八篇。モダンゴーストストーリーの名匠の怪奇小説傑作選。解説・中島晶也。

アラバスターの手　マンビー古書怪談集

A・N・L・マンビー／羽田詩津子 訳

四六判上製　二六四頁　定価二九七〇円

978-4-336-07034-0

少年を誘う不気味な古書店主、年代物の時禱書に隠された秘密、ジョン・ディーの魔術書の怪……。英国書誌学会長を務めた作家の書物愛に満ちた怪談全十四篇。解説・紀田順一郎。

骸骨　ジェローム・K・ジェローム幻想奇譚

ジェローム・K・ジェローム／中野善夫 訳

四六判上製　四八〇頁　定価四一八〇円

978-4-336-07206-1

ユーモア溢れる幽霊小説、もの怖ろしい怪奇小説、美しい幻想小説、数千年の時を跨ぐケルト・ファンタジイ等の十七篇。英国屈指のユーモア作家による異色作品集。

兎の島

エルビラ・ナバロ／宮﨑真紀 訳

四六判上製函入　二四〇頁　定価三五二〇円

978-4-336-07363-1

現実に侵食する生理的な恐怖を濃密な筆致で描く十一篇の鮮烈な迷宮的悪夢が、本邦初上陸。世界の文芸シーンでブームにある〈スパニッシュ・ホラー〉第一弾。

寝煙草の危険

マリアーナ・エンリケス／宮﨑真紀 訳

四六判上製函入　二八八頁　定価四一八〇円

978-4-336-07465-2

カズオ・イシグロ絶賛のゴシカルな十二篇、国際ブッカー賞最終候補作。『このホラーがすごい２０２４年版』のホラー小説ランキング・海外篇第一位！〈スパニッシュ・ホラー〉第二弾。

記憶の図書館　ボルヘス対話集成

ホルヘ・ルイス・ボルヘス、オスバルド・フェラーリ／垂野創一郎 訳

A５判上製　七〇〇頁　定価七四八〇円

978-4-336-07244-3

ボルヘス、世界文学の迷宮を語る――ポー、ワイルド、カフカ、フロベール、ダンテ、スピノザ、幻想文学、推理小説などを偏愛してやまない、作家と作品をめぐる百十八の対話集。

アーサー・マッケン自伝

アーサー・マッケン／南條竹則 訳

A５判上製　三七二頁　定価四九五〇円

978-4-336-07595-6

怪奇幻想文学の巨匠マッケンの二つの自伝『遠つ世のこと』『遠近草』を完全収録。マッケンの夢見る魂が綴る、小説以上に夢幻的なる傑作自叙伝。幻想文学ファン待望の書。

＊10％税込価。価格は改定することがあります。